魔法《まほう》の庭《にわ》の宝石《ほうせき》のたまご

あんびる やすこ

ポプラ社

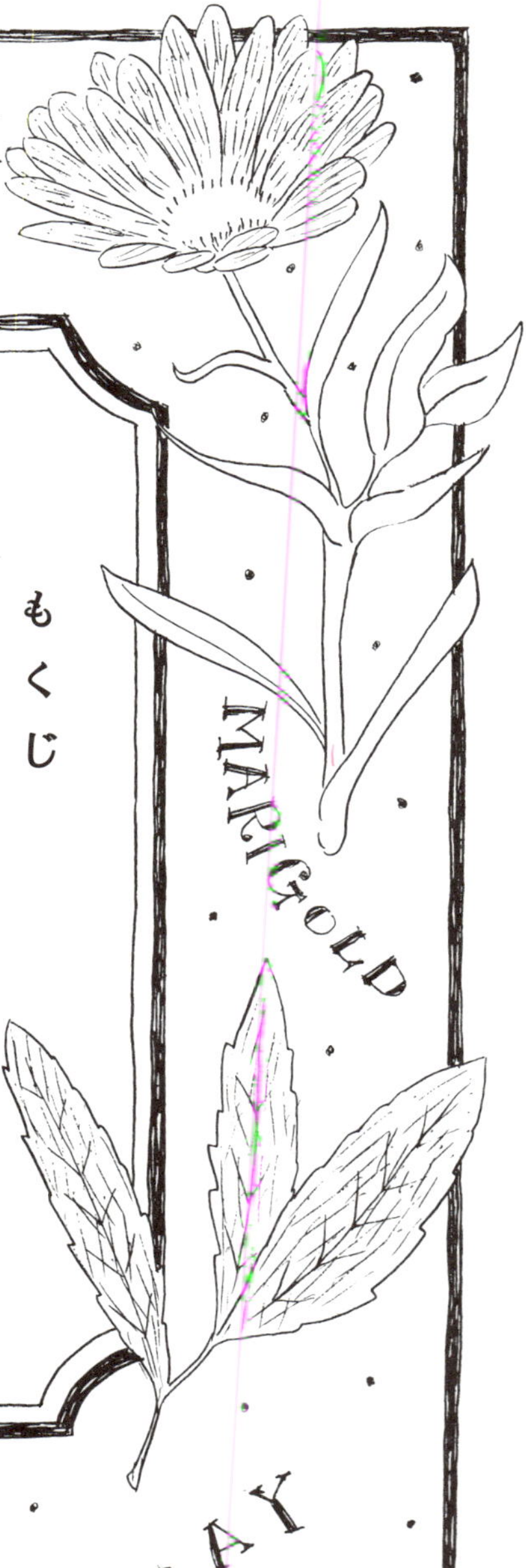

もくじ

魔法《まほう》の庭《にわ》ものがたりの世界《せかい》

こ れは、魔女《まじょ》の遺産《いさん》を相続《そうぞく》した人間《にんげん》の女の子の物語《ものがたり》。
相続したのは、ハーブ魔女トパーズの家《いえ》、「トパーズ荘《そう》」と、
そのハーブガーデン、「魔法の庭」。そして、もうひとつ……。
トパーズがかいた薬草《やくそう》の本、「レシピブック」でした。
こうしてジャレットは、トパーズのあとつぎとして、
「ハーブの薬屋《くすりや》さん」になることになったのです。

パパとママ

ゆうめいな演奏家《えんそうか》。コンサートを
しながら世界中を旅《たび》している。
ジャレットのじまんの両親《りょうしん》。

トパーズ

ジャレットのとおい親せき。
心やさしいハーブ魔女で、
薬づくりの天才《てんさい》。自分の
あとどりにふさわしい相続人
しか遺産をうけとれない
「相続魔法」を、家と庭とレシピ
ブックにかけてなくなった。

アン

女の子。
ちょっぴりなまいき。
オシャレさん。

ップ

男の子。
気《き》いっぱい。
っぱいもいっぱい。

チコ

男の子。頭《あたま》が
よくて、しっかりもの。

ガーディ

「魔法の庭」の中央《ちゅうおう》にたつ
カエデの木の精霊《せいれい》。
「魔法の庭」のまもり神《がみ》で、相続人がきまるまで
人間のすがたになり、トパーズ荘をまもってきた。
いまは木の中にもどり、ジャレットを
あたたかく応援《おうえん》している。

レシピブック

ハーブ魔女《まじょ》トパーズがかきのこした本。370種類《しゅるい》のハーブ薬《やく》のつくり方《かた》がかいてある。ふしぎな魔法《まほう》がかかっていて、よむことができるのは、ジャレットただひとりだけ。しかも、魔女ではないジャレットには、よみたいと思ったページだけしか見えない。表紙《ひょうし》にはうつくしいピンクトパーズの宝石《ほうせき》がはめこまれている。

ジャレット

ハーブ魔女トパーズの遺産《いさん》を相続《そうぞく》した女の子。演奏旅行《えんそうりょこう》でいそがしい両親《りょうしん》とはなれ、トパーズ荘《そう》でひとりでくらしている。夢《ゆめ》はトパーズとおなじくらいりっぱなハーブの薬屋《くすりや》さんになること。

スー

ジャレットのともだち。「ビーハイブ・ホテル」のむすめ。

エイプリル

ジャレットのともだち。ピアノがうまい。

ベル 女の子。心やさしい、しんぱいや。

子ねこの足あと

ミール 男の子。マイペースなのんびりやさん。

ラム 男の子。優等生《ゆうとうせい》で、あまえんぼ

1

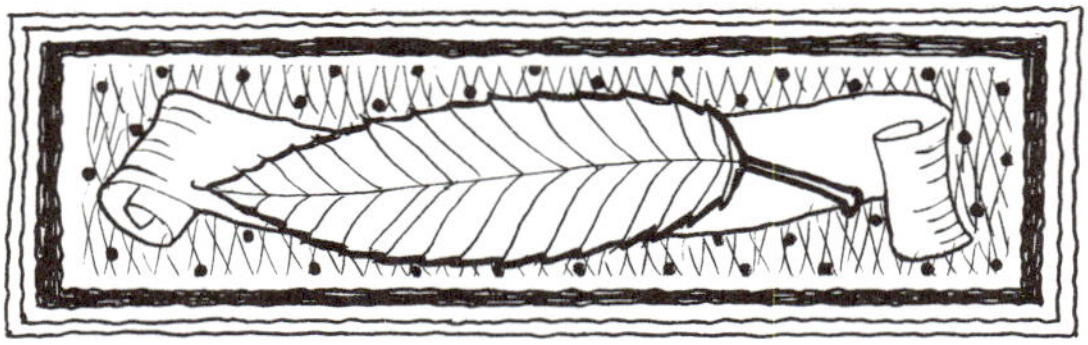

もうすぐイースター

クロッカスの花がひらき、そこかしこに春の気配がただよいはじめました。きびしいさむさにふるえる季節《きせつ》が、ようやくおわったのです。お日さまがしずむ時間も、だんだんおそくなっていました。

ジャレットはカレンダーを見ると、子ねこたちにこういいました。

「ねえ、子ねこたち。一年の半分をあたたかい季節、もう半分をさむい季節にわけるとしたら、いつからあたたかい季節がはじまるかわかる？」

そのこたえは、春分《しゅんぶん》の日。お日さまがでている時間のほうが夜より長くなる一日目の日です。ジャレットはそのことを子ねこたちに教えてあげようとしました。けれど、子ねこたちは得意《とくい》そうな顔で、ジャレットを見あげています。

「もちろんわかるよ、ジャレット」

「もうすぐお日さまの時間とお月さまの時間が、ちょうど半分になるわ。そうしたら、あたたかい季節《きせつ》がはじまるのよ、ジャレット」

「その日になれば、だれにだってわかるさ。ひげがそう教えてくれるからね。けど、もしジャレットが気がつかなかったら、教えてあげるよ」

子ねこたちは、自分のひげや体で春分の日がわかるのです。そう

きいて、ジャレットは感心《かんしん》しました。魔法《まほう》の庭《にわ》も、日を追《お》うごとに「緑色《みどり》」がひろがっていくのがわかります。

「庭のハーブたちも、もうすぐ春分《しゅんぶん》の日がくることを知《し》っているにちがいないわ。あんなにいきおいよく葉《は》っぱをのばしはじめたんですもの。カレンダーを見なくちゃわからないのは、人間だけね」

魔法の庭がうつくしい花でいっぱいになる季節《きせつ》も、もうまもなくです。

「春分の日がまちどおしいわ。そのあとには、わくわくしちゃう楽しい日がやってくるんですもの」

すると、チコがピンと耳を立てました。

「それは、イースターのことかな？　ジャレット」

ジャレットはにっこりとうなずきます。

イースターは、むかしからつたわるキリスト教のお祭《まつ》り。きまった日づけはなく、毎年、春分《しゅんぶん》の日のつぎの満月《まんげつ》のあとの、さいしょの日曜日がイースターになるのです。その前の金曜も、そのあとの月曜もお休みになるので、大人《おとな》も子どもも、イースターを心まちにしているのです。

「イースターって『エッグハント』をする日だよね？　ジャレット」

今度《こんど》はラムがそういいました。

子ねこたちのいう通り、イースターには、

庭《にわ》にかくされているたまごを見つける「エッグハント」をみんなで楽しみます。

このたまごは、イースターバニーとよばれるウサギがおいていったたまごだといわれていました。

といっても、もちろんそれは、いいつたえで、庭にたまごをかくすのは、ウサギではなくて人間です。

それに、いまではたまごもほんものではありません。たいていは、きれいなもようの銀紙《ぎんがみ》をまいたチョコレートでした。

でも、そんなことはだれも気にしません。

ようやくはじまったあたたかな季節《きせつ》に、息《いき》をふきかえしたばかりの緑《みどり》の庭《にわ》をかけまわってチョコレートをさがすのがきらいな人なんていないでしょう。

ですから、その季節には、いろいろな場所《ばしょ》でエッグハントのもよおしがおこなわれていました。

「そうだわ！　魔法《まほう》の庭でもエッグハントをしてみようかしら」

ジャレットが、そういって目をかがやかせました。

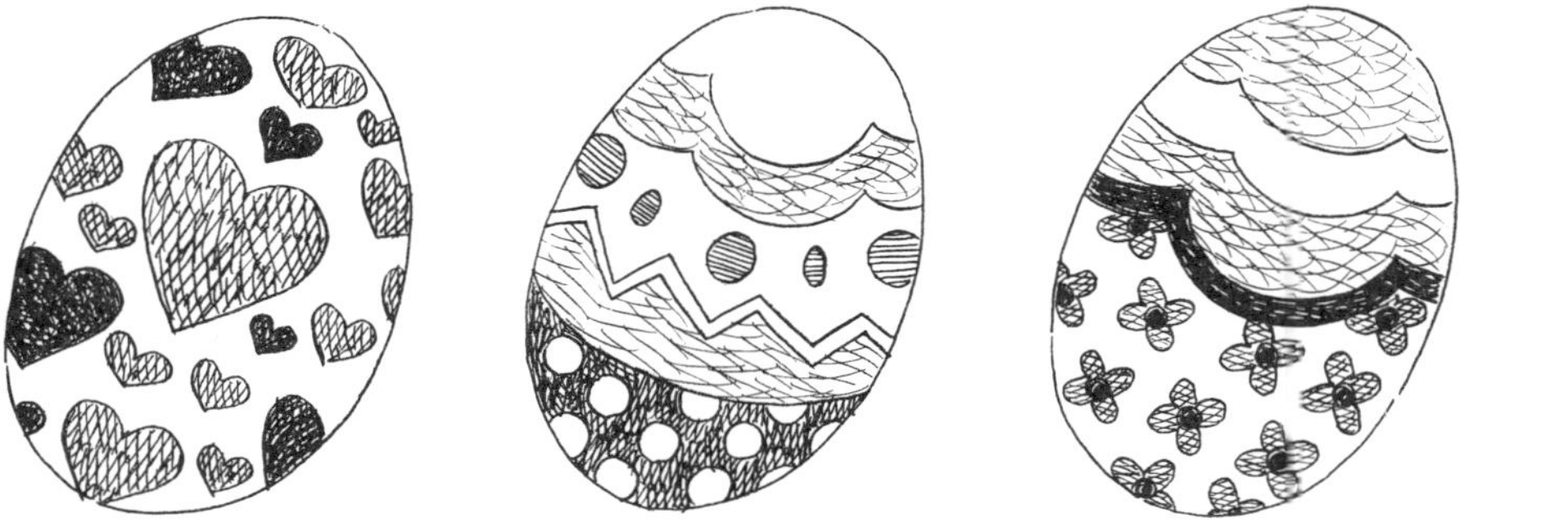

「魔法《まほう》の庭《にわ》は村で一番のうつくしい庭ですもの。そこでエッグハントできたら、きっとみんなよろこぶわ」

ジャレットは、この思いつきにひとりでうなずきました。けれど、少し首をかしげてこうつづけます。

「でも、ハーブのお庭にチョコレートのたまごは、にあわないわ。キラキラした銀紙《ぎんがみ》も……。どんなにきれいな色のたまごだって、ほんもののお花のうつくしさには、かなわないですもの」

ジャレットが、子ねこたちに相談《そうだん》しようと見おろすと、みんな、もうほかのことに夢中《むちゅう》でし

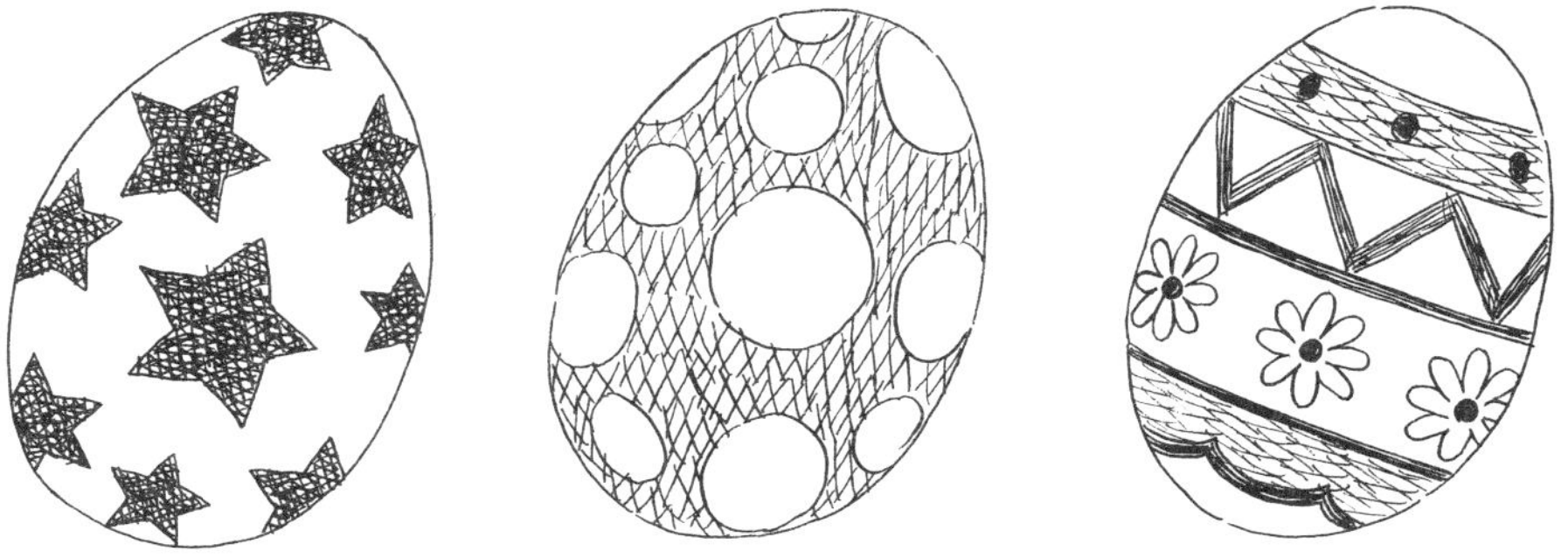

た。手や背中《せなか》をなめはじめたり、チョウを追《お》いかけまわしたりしています。そんな子ねこたちのまん中で、ジャレットはひとり、うでぐみをして考えました。

「魔法《まほう》の庭《にわ》のエッグハントには、とくべつなたまごを用意《ようい》しなくちゃ。でも、それはいったい、どんなたまごかしら？」

と、そのとき。庭の木戸《きど》があいて、ふたりの女の子が入ってきます。

「こんにちは、ジャレット。子ねこたち」

スーとエイプリルです。

子ねこたちはもうふたりにかけよって、足に、おでこやほっぺをすりつけていました。

2

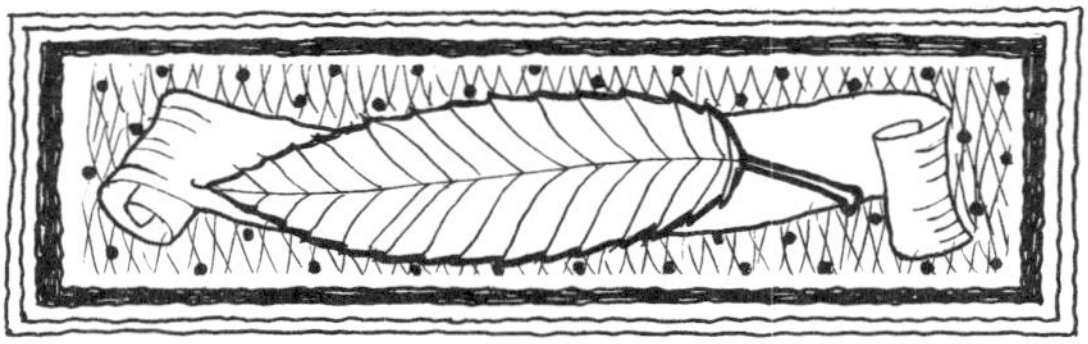

宝《ほう》石《せき》のたまご

スーは、この村のいろいろなニュースを一番はやく知《し》っている女の子。となりの村のことだって、おもしろい話ならスーの耳に入ってこないニュースはありません。

ジャレットからミルクティーのカップをうけとると、きょうも、さっそくおもしろい話をきかせてくれました。

「となりの村で、七年前のイースターエッグが見つかったんですって。もちろん、チョコじゃなくてほんもののたまごのイースターエッグよ」

それをきいてジャレットは、顔をしかめました。

「七年前のゆでたまご？　もし食べたらお腹《なか》がいたくなりそうだわ」

すると、エイプリルがおかしそうにわらいます。

「食べたりしないわよ、ジャレット。七年たったイースターエッグは、おまもりですもの」

おまもりときいて、ジャレットもイースターのいいつたえを思いだしました。

「それは、花よめのおまもりね。かわいい赤ちゃんにめぐまれるように。七年間とっておいたイースターのたまごを、花よめにプレゼントするってきいたことがあるわ。たしか、おまもりにするのは、たまごの黄身《きみ》よね」

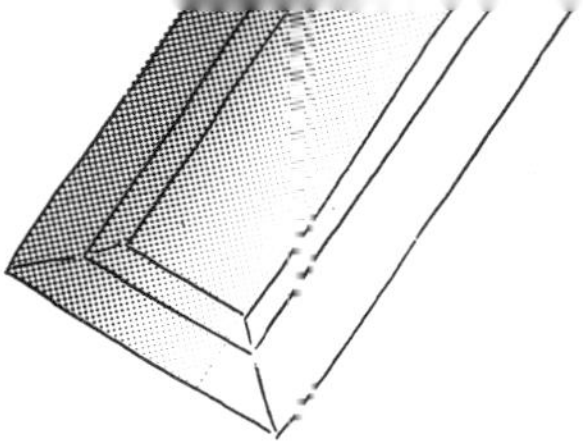

七年たったイースターエッグは、黄身《きみ》がすっかりかわいて小さくなり、ふるとカラカラと音を立てるようになります。そうなったら、いよいよたまごをわって、黄身をとりだすのです。すると、たまごの黄身はまるで「こはく」のようになっているのだそうです。それが花よめのおまもりになるのでした。

「こはく」というのは、何千万年も前の木の油《あぶら》がかたまってできた宝石《ほうせき》のこと。木は傷《きず》つくと、そこをまもるために、ゴムのようなとうめいの油をだして傷をおおいます。その油が長い時間をかけて、金色のとうめいな宝石になったものが、ほんもののこはくです。

ほんもののこはくのように高価《こうか》ではないけれど、七年たったたまごの黄身も、ありがたいおまもりにはちがいありません。

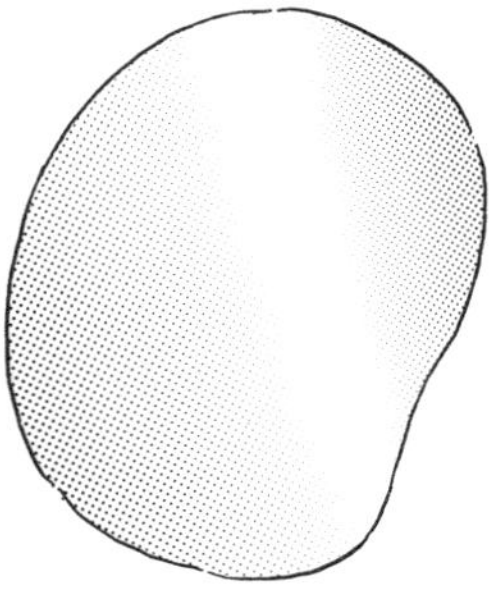

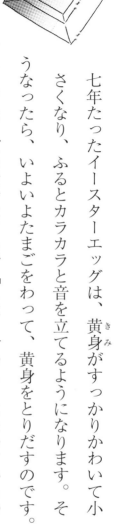

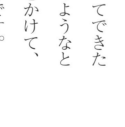

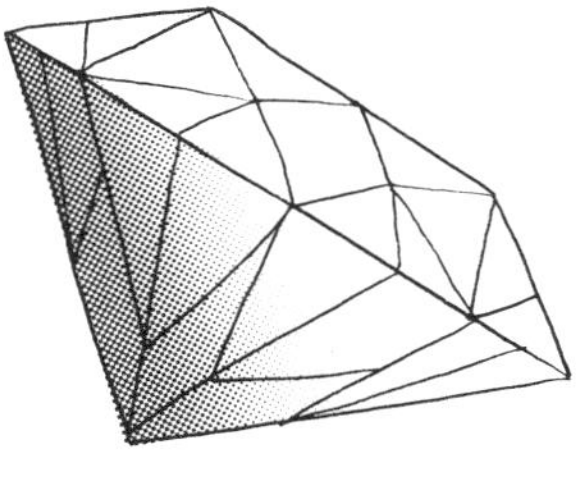

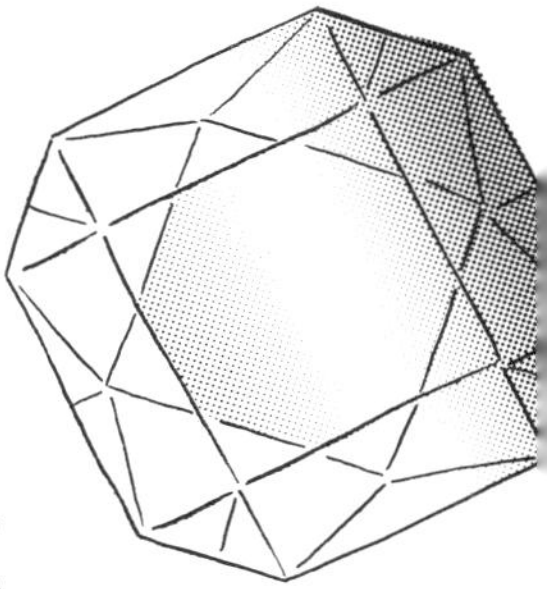

七年のあいだには、とちゅうでくさってしまったり、どこかへいってしまったりするたまごのほうが、ずっと多いでしょうから。ですから、こはくの黄身《きみ》を手にできるのは、とても幸運《こううん》なことなのです。

「こはくの黄身……、見てみたいわ」

ジャレットがそういうと、エイプリルもうなずきました。

「きっと、きれいでしょうね」

すると、スーが指《ゆび》を立てて、左右にふりました。

「でも、こはくなんてまだまだよ。百年たったイースターエッグの中身は、ダイヤモンドに変《か》わってるっていういいつたえもあるじゃない。きっとたまごが古ければ古いほど、りっぱできれいな宝石《ほうせき》になるにちがいないわ」

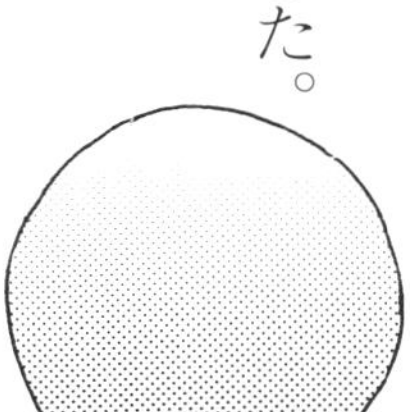

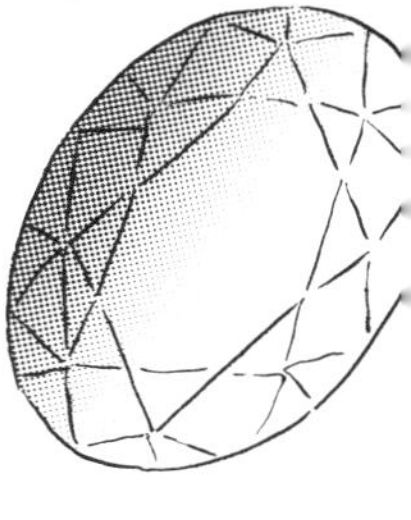

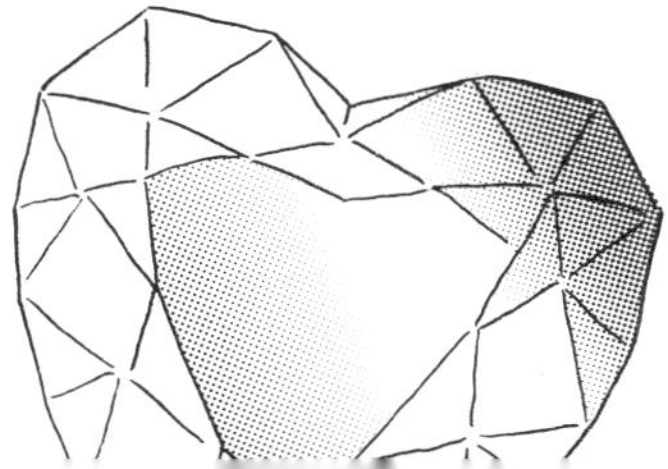

イースターの前の金曜日にうみおとされたたまごは、長いあいだくさらない、といいつたえられてきました。そんな古いイースターエッグを家のおまもりとして、代々《だいだい》うけついで大事《だいじ》にしている家族《かぞく》もいるのだそうです。

「この村にも、どこかに、そんな古いイースターエッグがないかしら」

エイプリルが夢《ゆめ》見るようにそういうと、スーがハッとなって立ちあ

がりました。そして窓《まど》から、魔法《まほう》の庭《にわ》をぐるりと見わたします。

「この庭なら、むかしのエッグハントで見つけそこねた古いたまごが、どこかにいまも、のこってるんじゃないかしら？」

たしかに、このトパーズ荘《そう》も魔法の庭も、村で一番古いもののひとつです。

いまはトパーズの名前がついているこの館《やかた》も、トパーズがこの村にやってくるずっと前からここにありました。

ですから、スーのことばに、エイプリルもすぐにうなずきます。

「もし、トパーズがかくしたたまごがのこっていたらステキね。まだ百年はたたないからダイヤモンドにはなっていないかもしれないけれど、魔女《まじょ》トパーズとおなじ名前の宝石《ほうせき》、トパーズになっているかもしれないわ」

トパーズは、いろいろな色のある宝石《ほうせき》ですが、なかでもよく見るのは、とうめいなうすい黄色にかがやくもの。たまごの黄身《きみ》から、あともう少しでダイヤモンドへ変《か》わる宝石というのにふさわしい、高価《こうか》でうつくしい宝石です。

この話を、子ねこたちは耳をピンと立てて、ひとこともらさずにきいていました。

（もしかしたら、トパーズのたまごが見つかるかもしれない……）

そう思うと、ジャレットの心もドキドキと高鳴ります。

スーとエイプリルが帰ったあと、子ねこたちは、すぐにジャレットの足もとにあつまってきました。

「トパーズがかくしたたまごをさがそうよ、ジャレット」

「きっとあるよ。そんな気がするんだ。ジャレット」

そういう子ねこたちに、もちろんジャレットもうなずきます。

「でも、魔法《まほう》の庭《にわ》はひろいから、さがすのはたいへんよ、子ねこたち」

すると、チコがテーブルにとびのりました。

「計画的《けいかくてき》にやるんだよ、ジャレット。すみからすみまでさがせるようにね」

そうきいて、目をまるくするジャレットに、アンがこうつづけます。

「もし、さがしのこしたところにたまごがあったら、何にもならないわ、ジャレット」

「どうしたらいいと思う？　ジャレット」

さいごにラムにそういわれて、ジャレットは少し考えこみました。

それから、何かを思いついて、まっ白な紙をもってきます。

そしてそこに、魔法《まほう》の庭《にわ》の図《ず》をかきはじめたのです。ガーディのカエデの木や、石だたみの小道、ベンチ、植《う》えてあるハーブの名前をかきこむと、庭の地図《ちず》ができあがりました。

「さあ、見て」

ジャレットはそういいながら、今度《こんど》は赤いペンを手にとりました。

そして、庭の地図を横《よこ》ぎるように、じょうぎでまっすぐ線をひいていったのです。おなじはばで線を六本ひくと、庭は七つにくぎられました。どれも、おなじひろさです。

「それぞれが、このひとつの場所《ばしょ》をさがすのはどうかしら？」

ジャレットが子ねこたちの顔を見まわすと、みんな目をかがやかせていました。

「すごくいいアイデアだと思うな、ジャレット」

「これならあまりひろくないから、すみずみまでさがせるわ、ジャレット」

「おいらは、一番右を
さがすよ、ジャレット」
「わたしは、そのとなりに
するわ、ジャレット」
みんなで地図《ちず》をのぞきこんで、
それぞれがうけもつ場所《ばしょ》をきめました。
ジャレットは、ガーディのカエデがある場所です。
「あしたからはじめましょう、子ねこたち」
「うん、ジャレット。きっとあしたにはおわっちゃうよ」
「そうだよ、ジャレット。あっというまにトパーズの
たまごが見つかるさ」
子ねこたちは口々に、そういいました。

そしてそのことば通りに、つぎの日の朝から、トパーズのたまごのエッグハントをはじめたのです。けれど、その先は、みんなのことば通りにはなりませんでした。

一日たっても、だれも「トパーズのたまごを見つけたよ」とはいいませんでしたし、何日かたつと、エッグハントの話さえしなくなりました。なぜなら、このエッグハントは、思ったよりおもしろくなかったからです。

ふつうのエッグハントは、見つかりやすいところにわざわざチョコレートの

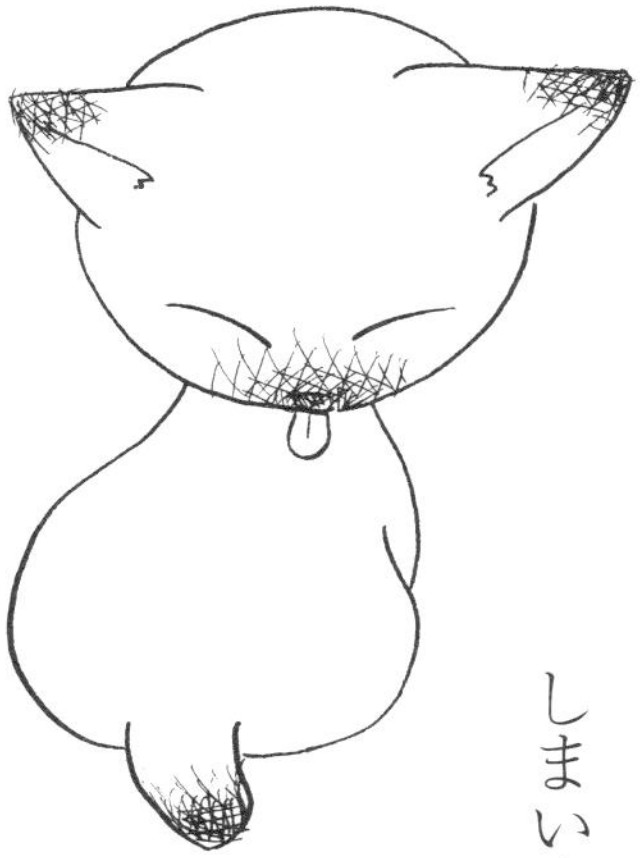

たまごがおいてあるものです。ところが
これは、あるのかないのかもわからない
古いたまごをさがす、たいくつな
エッグハント。
子ねこたちはたまごをさがしてハーブの
根《ね》もとを歩いているうちに、いいかおりに
つつまれて、ついついねむくなって
しまいました。
石をひっくりかえした
ときには、そこから
でてきた虫を追《お》いかけ
まわしたりもしました。

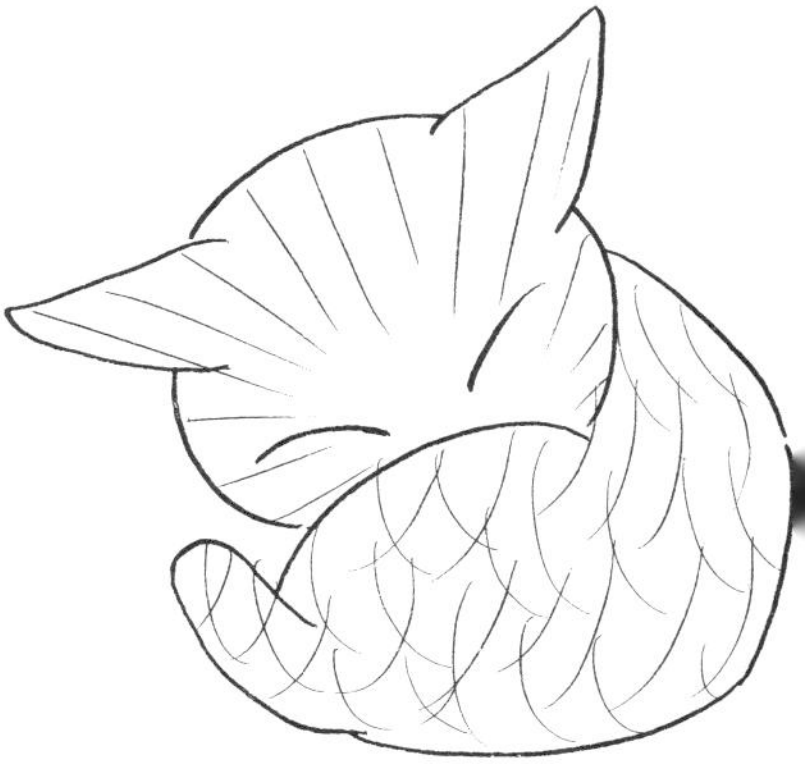

そうしているあいだに、何をしていたか、すっかりわすれてしまったりすることも。そんなふうでしたから、エッグハントはさっぱり進《すす》まなかったのです。けいさつの仕事《しごと》を手伝《てつだ》う犬たちがするように、しんぼう強く何かをさがすなんて、子ねこたちにはまったく向《む》いていませんでした。

そうして子ねこたちは「また、あしたさがせばいいわ」とか「さがすのは、ご飯《はん》を食べてから」とか、「きょうは鼻《はな》の調子《ちょうし》が悪《わる》いからさがせそうもないいな」とか、いいわけばかりするようになったのです。

3

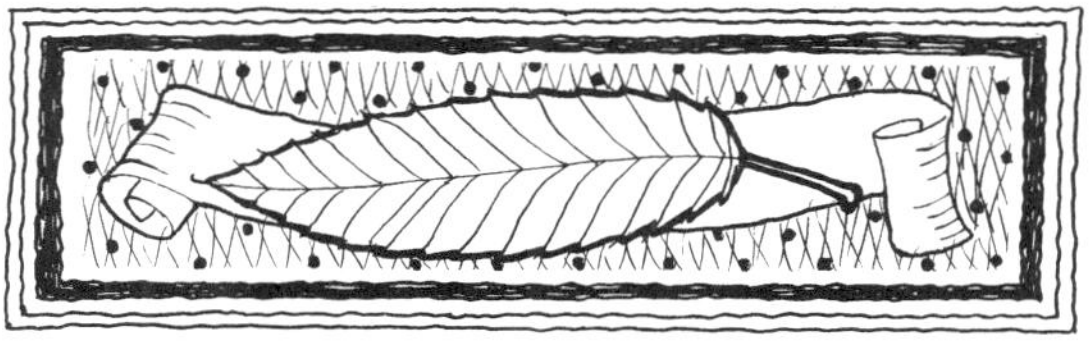

詩《し》人《じん》になりたいお客《きゃく》さまの注《ちゅう》文《もん》

きょうも、子ねこたちはいろいろいいわけをして、たまごさがしを投《な》げだしました。そしてそんな一日がおわる日ぐれごろ、トパーズ荘《そう》にひとりのお客《きゃく》さまがやってきたのです。

「よくきくお薬《くすり》を注文《ちゅうもん》できるかしら？　ジャレット」

そうたずねたのは、花屋《はなや》さんにつとめるわかい女の人。キャロルという名前でした。

「もちろんですとも、キャロル。

お話をきかせてくださいな。きっとキャロルにぴったりの薬《くすり》をおつくりしますから」

そういって、ジャレットはキャロルにイスをすすめます。それから、ハーブティーをいれました。

「ペパーミントとセージ、レモングラスのハーブティーです。どうぞめしあがれ」

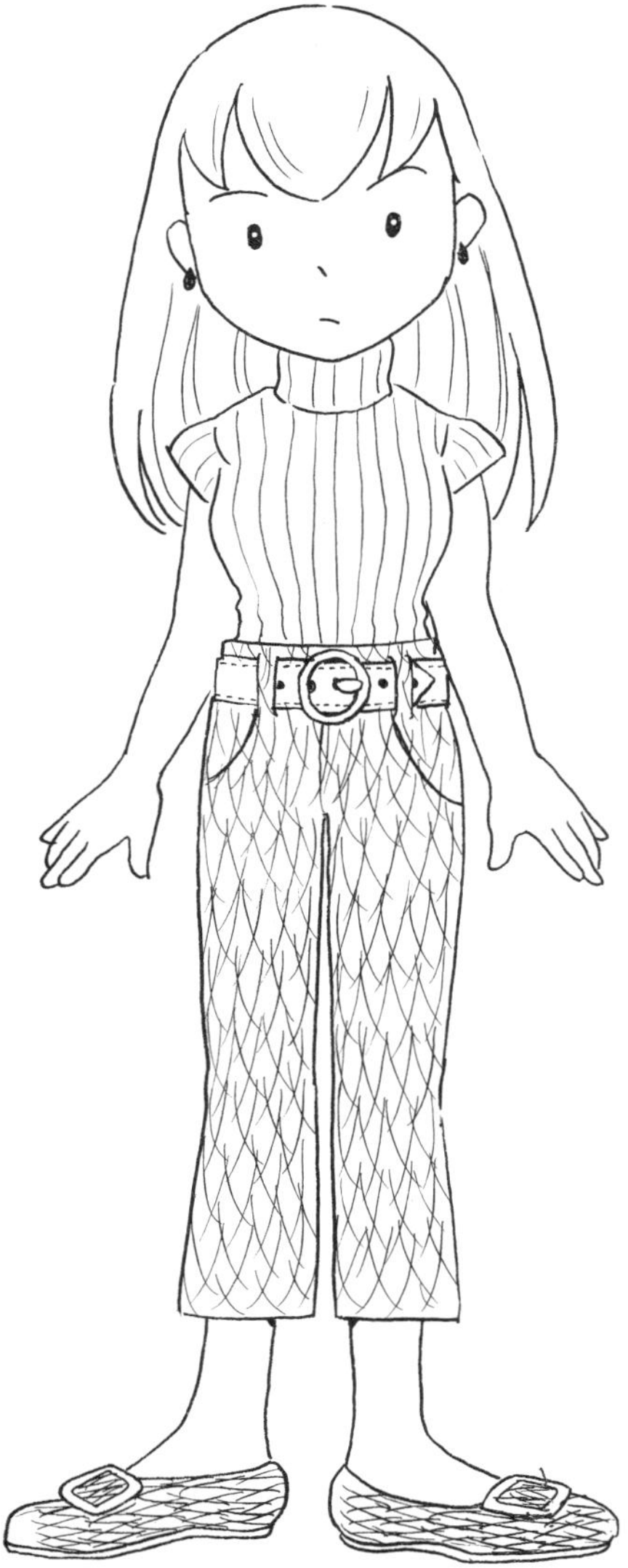

このハーブティーは、自分の考えを人に伝《つた》えたいときにピッタリ。ことばにできない気もちをすっきり整理《せいり》するのに役立《やくだ》ちます。

でも、キャロルには必要《ひつよう》なかったかもしれません。なぜなら、ハーブティーをのむ前に、キャロルはいきおいよくしゃべりはじめたからです。

「わたしはね、ジャレット。いつかりっぱな詩人《しじん》になりたいと思っているの。ジャレットよりもっと小さな女の子だったころからの、わたしの夢《ゆめ》なのよ」

どうしてキャロルは、そんな話をはじめたのでしょう。ジャレットがおどろいていると、キャロルはこうつづけました。

「でもね、ジャレット。わたしのその夢は、ほんとうになるどころか、まだそのための一歩だって、ふみだせていないのよ」

そのことは、ジャレットにもわかりました。

この村の人たちは、ひとりだってキャロルを詩人《しじん》だとは思っていませんでしたから。

そこまで話すと、キャロルは立ちあがって、おなじ場所《ばしょ》をイライラといったりきたりしはじめました。

「わたしは詩がかきたいのに、いそがしいから、かけないの。とにかく一日一作はかきあげてみようと思うのだけれど、そんな時間は少しもないのよ」

そういって、おおげさにため息《いき》をつきました。

「だって、お仕事《しごと》がおわって家に帰ってきたらクタクタだし、ご飯《はん》を食べたり、おふろに入ったり、それに読書もしたいでしょ。そう

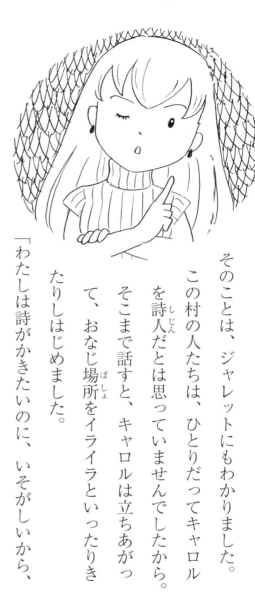

していると、あっというまに寝《ね》る時間になっちゃうんですもの」

そこでジャレットが何かいおうとすると、キャロルはそれをさえぎって、まだまだつづけます。

「それにね、ジャレット。先生がいないから、わたしは詩《し》がかけないの。りっぱな詩人になるには、りっぱな先生が必要《ひつよう》なのよ。でも、この村にそんな詩人の先生はいないでしょ？先生さえいればねえ」

と、キャロルは、自分が詩をかけないいろいろな理由《りゆう》を話しました。

ジャレットはじっときいていましたが、その理由を全部《ぜんぶ》おぼえておこうとしても、むりでした。それくらいつぎからつぎに、

キャロルは詩《し》がかけない理由《りゆう》をいいつづけ、なげいたのです。そうしてキャロルは、さいごにこういいました。

「仕事《しごと》も、住《す》んでいる場所《ばしょ》も、体の調《ちょう》子《し》も、先生がいないことも、何もかもが、わたしが詩をかけない原因《げんいん》なのよ。このままで、どうしてわたしは、詩人になれるかしら？　わたしの夢《ゆめ》は、毎日遠ざかってゆくばかり」

ここでキャロルがふうっと息《いき》をはいてことばを止めた

のを、ジャレットは見のがしませんでした。

「ええ、キャロル。同情《どうじょう》するわ。それで、どんなお薬《くすり》の注文《ちゅうもん》かしら」

やっとそうたずねると、キャロルは目をみはりました。

「あら、わからない？　ジャレット。わたしがほしいのは、胃《い》の薬よ」

「胃の薬ですって？」

ふしぎそうなジャレットに、キャロルは、まゆをよせて、こう注文します。

「つまりね、ジャレット。わたしは詩《し》をかきたくてもかけないから、イライラするばかりで、胃《い》がいたいのよ」

そうきくと、ジャレットは思わず首をかしげました。

「でも、胃がいたくなくなっても、詩はやっぱりかけないいんじゃないかしら……」

するとキャロルは、すぐにこういいかえします。

「じゃあジャレットは、わたしが詩人になれる薬《くすり》がつくれるの？　魔女《まじょ》でもないのに、そんな薬がつくれるなんて思えないわ。だから、胃の薬でけっこうよ」

そのことばは、まちがってはいませんでした。それに、ジャレットがいつも気にしていることを、ズバリといいあてたことばです。

「では、キャロル。あさってまでに、よくきく胃《い》の薬《くすり》をおつくりしておきます」

そういってキャロルを見おくったあとに、子ねこたちがあつまってきました。

「魔女《まじょ》じゃないからって、気にすることないよ、ジャレット」

「胃の薬をつくるのなんて、かんたんですもの。よかったじゃない、ジャレット」

子ねこたちのいう通り、ジャレットは、もうレシピブックにたずねなくても、いろいろな胃《い》の薬《くすり》をつくることができました。

胃のいたみをやわらげるハーブティー。胃が元気に動《うご》くようになるマッサージオイル。どれもよくきく胃のお薬で、キャロルのなやみをやわらげてくれるはずです。

でも、キャロルをしあわせにしてくれるとは思えませんでした。

「キャロルをほんとうにしあわせにできる薬をつくれるのは、やっぱり魔女《まじょ》だけなんだわ……」

お客《きゃく》さまの役《やく》に立つことをいつも

考えてきたジャレットにとって、
それはとても残念《ざんねん》なことです。
がっかりするジャレットの足もとで、
子ねこたちが顔を見あわせました。
「もしここに魔女《まじょ》がいたら、きっと
キャロルに『いいわけをしない薬《くすり》』を
つくってあげるよね」
「その通りだよ」
「おいらもそう思う」
子ねこたちは、キャロルが
「詩《し》がかけないいいわけ」を
さんざんならべたてたのを思いだして、そんなことをいうのでした。

4

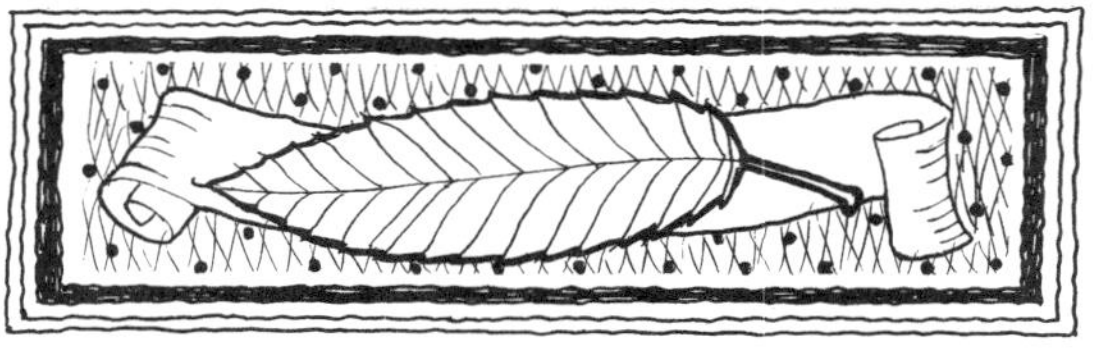

魔《ま》女《じょ》のイースター

つぎの日。

ジャレットに、小包《こづつみ》がひとつとどきました。

「パパとママのにおいがする！」

子ねこたちがかけよってきます。

「その通りよ、子ねこたち。パパとママが小包を送《おく》ってくれたの。いまはここよりずっと北のフィンランドにいるのよ」

ジャレットのパパとママは、有《ゆう》名《めい》な演奏家《えんそうか》。世界中《せかいじゅう》を旅《たび》しながら、演奏会をつづけていました。そして、旅先《たびさき》からいろいろなものをトパーズ荘《そう》へ送《おく》ってくれます。

小包《こづつみ》をあけて中をのぞきこむと、ジャレットと子ねこたちの顔がぱあっと明るくなりました。入っていたのは、あざやかな色のお皿《さら》やテーブルクロス、ステキな柄《がら》のハンカチやポーチ……。心がうきたつようなあざやかな色と、お花やわか葉《ば》の形《かたち》をもとにした、だいたんなデザインです。そんな品物《しなもの》にまじって、一本のネコヤナギの枝《えだ》が入っていました。

「これはいったい何かしら？」

手にとってみると、枝にはリボンが結《むす》んであります。首をかしげるジャレットに、子ねこたちがこうせがみました。

「パパとママからの手紙を読んでよ、ジャレット」

ジャレットは、まっ赤《か》なふうとうから、手紙をとりだしました。

ジャレット、それに六ぴきの子ねこたち、みんな元気ですか?
パパとママは元気です。ここ、フィンランドでは、とってもステキなイースターのお祝《いわ》いをするそうです。

もちろんエッグハントも楽しみますが、ほかの国とはちょっとちがっているところもあります。それは、ここではイースターが「春の女神《めがみ》」のお祭《まつ》りでもあるからです。大地に命《いのち》がもどってきたことをお祝いし、自然《しぜん》のめぐみに感謝《かんしゃ》する、遠いむかしから伝《つた》わるお祝いなのだそうです。

そして、このお祝いには「魔女《まじょ》」がぜったいにかかせません。

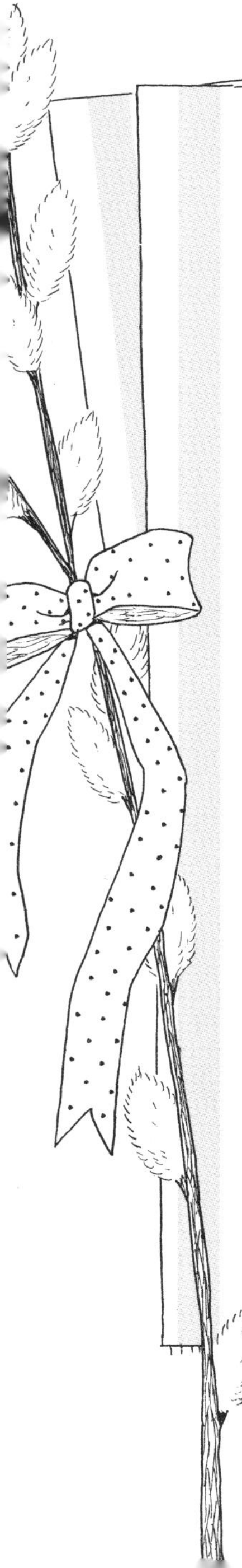

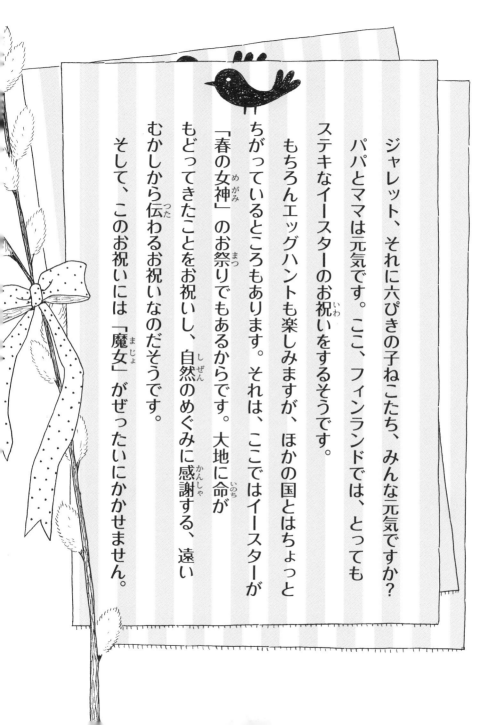

ここまで読むと、ジャレットも子ねこもおどろきました。

「魔女《まじょ》って、ほんとうの魔女のこと？　ジャレット」

「いいえ。子どもたちが魔女のまねをするだけよ。魔法《まほう》のつえのかわりに、リボンでかざったネコヤナギをもつの。そして『ヴィルボン・ヴァルボン』って呪文《じゅもん》をとなえながら近所《きんじょ》の家をまわって、お菓子《かし》をもらうって、手紙にはかいてあるわ」

「じゃあ、このネコヤナギの枝《えだ》は、その魔法のつえなんだね、ジャレット」

「おもしろそうだなあ、ねえ、ジャレット」

「そうね。子どもたちは、お菓子をいただいたお礼《れい》に、春をたたえる詩《し》を朗読《ろうどく》したりするそうよ」

「わあ、ステキだわ。ジャレット」

「フィンランドでは、イースターは魔女《まじょ》のお祭《まつ》りでもあるんだね。ジャレット」

子ねこのことばに、ジャレットもうなずきました。

いまでは魔女のまねをした子どもたちが楽しむお祭りですが、むかしはどうだったのでしょう。

(ほんものの魔女たちが、イースターをお祝《いわ》いしていたのなら、とってもステキだわ)

ジャレットがそう考えて

いると、チコがこんなことをいいました。

「トパーズはどうやってイースターをお祝《いわ》いしていたのかな？　ジャレット」

そのことばに、ジャレットの目はキラリとかがやきます。

「魔女《まじょ》にとってのイースター」が、どんなお祭《まつ》りだったのか、とても知《し》りたくなったのです。

「トパーズが、レシピブックにかきのこしているかもしれないわ」

そう気がついたジャレットは、さっそくレシピブックを手にとりました。

そして、ふうっと一回息《いき》をはいてから、レシピブックに問《と》いかけたのです。

「イースターに、魔女《まじょ》がすることを教えて」

すると、表紙《ひょうし》の宝石《ほうせき》がキラリと光りました。あたらしく読めるページがあらわれたしるしです。

「やっぱり、トパーズはイースターのことをかきのこしていたんだわ」

ジャレットの胸《むね》に、うれしい気もちがわきあがってきました。でもその一方で、魔女でない自分が少しなさけなく思えてきます。トパーズがここにかきのこすくらいですから、魔女にとって、イースターはとても大事《だいじ》だったにちがいありません。

「はやく読んでみてよ、ジャレット」

レシピブックのページをめくるジャレットの手が止まったとたん、
子ねこたちがいっせいにそういいました。

「イースターは、魔女《まじょ》が自然《しぜん》のめぐみに感謝《かんしゃ》をささげるお祭《まつ》りのひとつなんですって。はだかの枝《えだ》にわか葉《ば》がめぶく春には、とくに木

のパワーが大きくなるってかいてあるわ。そのパワーを木からうけとることも、魔法《まほう》の力を強くするために大切《たいせつ》なんだそうよ」

レシピブックに目を落《お》としながら、ジャレットは子ねこたちに、そこまで読んであげました。でも、その先を読みすすむほどに、ジャレットの顔はだんだんくもり、口数が少なくなっていったのです。

そこにかいてあったのは、ほとんどが、ほんとうの魔女《まじょ》にしかで

きないことばかりだったからです。

春に葉《は》をのばしたり、花をつけるハーブを祝福《しゅくふく》して、その力を強くする呪文《じゅもん》。イースターエッグをくさらせないようにする魔法《まほう》。中でも、春の木に宿《やど》る大きなパワーをうけとって、自分の魔法の力にかえる方法《ほうほう》にジャレットは強く心をひかれました。魔法の庭《にわ》のまもり神《がみ》ガーディのカエデの力をうけとれたら、どんなにすばらしいだろうと思ったからです。

魔女にとってのイースターは、樹木《じゅもく》に感謝《かんしゃ》して、その力をうけと

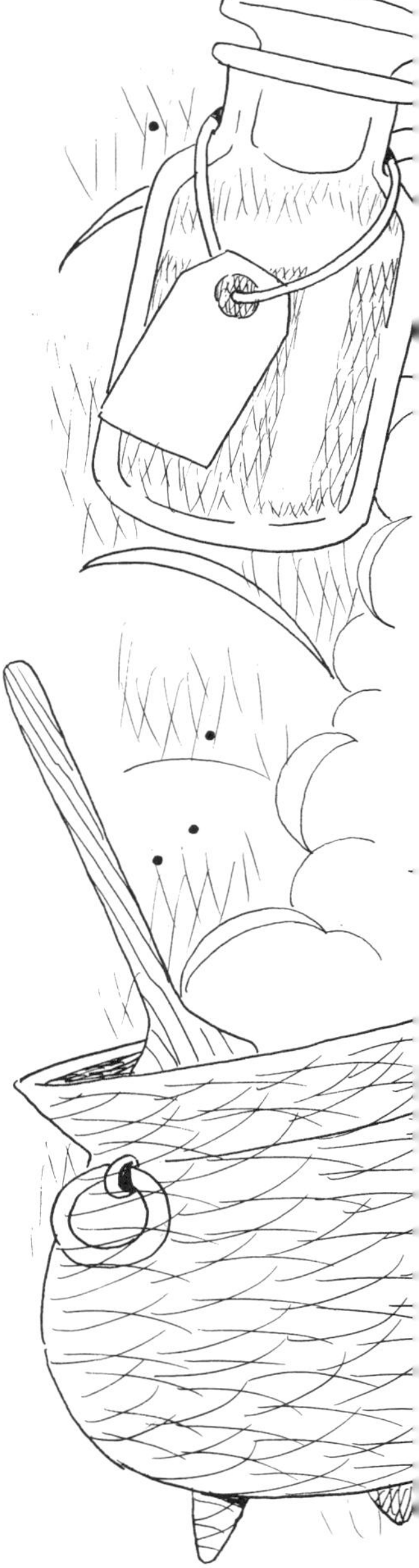

る木のお祭《まつ》りでもあるようでした。ですから、トパーズはそのやり方を、とくにくわしくかきのこしていたのです。

そのやり方では、まず木のめぐみに感謝《かんしゃ》する魔法《まほう》の薬《くすり》を調合《ちょうごう》します。薬の材料《ざいりょう》は三十種類《しゅるい》もあって、その半分以上《いじょう》は、ジャレットが知《し》らないふしぎなものでした。それを、とくべつななべで心をこめて何日もせんじるのです。そうして薬からもくもくと白いけむりがあがるようになったら、できあがり。そのけむりが消《き》えないうちに、木の根《ね》もとを三周《しゅう》しながらまわしかけ、木の健康《けんこう》を願《ねが》い、感謝を伝《つた》える呪文《じゅもん》をとなえます。ジャレットは、いくつもの国の文字が読めましたが、この呪文は、ジャレットが見たこともない文字でかかれていました。それから木の前にすわると、魔法のつえを胸《むね》の前にもって、またべつの感謝の呪文をとなえます。すると、木の力が自分をつつみこんで、つえに力がみなぎってくるのを感《かん》じる、といったぐあいでした。

「やっぱり、わたしにはできないことばかり」

ここまで読んだジャレットは、ガックリと肩《かた》を落《お》とします。魔女《まじょ》でなくてもできることは、ここには何ひとつかいてありません。

「できるかできないか、レシピブックにかいてある通りにやってみたら？　ジャレット」

「そうよ、やってみてよ、ジャレット」

そういわれても、ジャレットはうなずけませんでした。

「できないことは、やってみてもしかたがないわ、子ねこたち」

そういって、ジャレットはため息《いき》をつきました。

「かいてある呪文《じゅもん》の文字が読めないんですもの。読み方を教えてくれる先生でもいれば、読めると思うのよ。でも、そんな先生はいないでしょ？　だから、わたしには呪文《じゅもん》がいえないわ」

　ジャレットは、うでぐみをしながら二、三歩歩くと、こうつづけます。

「それにね、子ねこたち。魔法《まほう》の薬《くすり》の材料《ざいりょう》も、ここにはないものばかりなのよ。きいたこともないふしぎな材料が、どこで売っているのかもわからないわ。そうそう、薬をつくるのにつかう、とくべつななべだって、もうトパーズ荘《そう》にはのこってない

のよ。だから、魔法《まほう》につかう薬《くすり》もつくれないわ」

そして、もう一度《ど》レシピブックの前にもどると、こうもいいました。

「それに何より、わたしは魔法のつえをもっていないでしょ。つえは、木から力をうけとったり、ためておいたりする重要《じゅうよう》な道具《どうぐ》なのよ。だから、わたしには……」

そういうジャレットを、子ねこたちはがっかりした顔で見あげました。

「きょうのジャレットは、なんだかキャロルみたいだね」

「やってみてもないのに、できないいいわけばっかり」

そういわれて、ジャレットはドキッとしました。その通りだと思ったからです。キャロルの話をきいていたときには、いいわけばかりでジリジリしたのに、いまはその気もちがよくわかりました。そのことを伝《つた》えようと口をひらきかけると、子ねこたちは、今度《こんど》はこういいはじめます。

「でも、ほんとうのことをいうと、おいらもキャロルとおなじなんだ」

そういうニップに、みんなは目をまるくしました。するとニップは、いごこち悪《わる》そうに、みんなをぐるりと見まわします。

「だってさ、トパーズのたまごは見つからないんじゃなくって、見つけてないんだ。おいらは、さがさないいいわけばっかりして、ホントはちっともたまごをさがしてないんだよ」

それをきいて、ベルが思わず一歩前にでました。

「まあ、ニップ。わたしもそうよ。はじめはあんなにトパーズのたまごをさがしたいって思っていたのに、さがしはじめたら、三歩歩いただけで、もういやになっちゃったの。それでいまでは、

たまごをさがさないいいわけを、さがしているくらい」

するとと、ほかの子ねこたちもつぎつぎに、たまごをさがしていないことをあやまりました。そうしてチコが、さいごにこういったのです。

「ぼくたちも、『いいわけをしない薬《くすり》』が必要《ひつよう》だよね、ジャレット」

ジャレットと子ねこたちは顔を見あわせると、いっしょにため息《いき》をつきました。

5

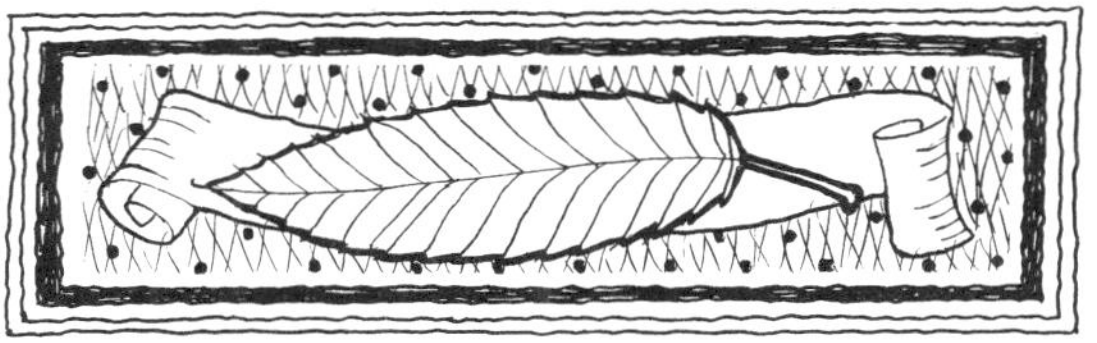

モモンガのカイトの注《ちゅう》文《もん》

その夜のこと。

庭《にわ》にでていった子ねこたちがなかなか帰ってきませんでした。

「子ねこたち。もう家に入ってちょうだい。外はまだ冷《つめ》たいわ」

けれど、子ねこたちはガーディのカエデの下にあつまったまま、動《うご》きません。

「いったい、どうしたの？　子ねこたち」

ジャレットがブランケットをはおって、トパーズ荘《そう》から庭にでてくると、子ねこたちは、しんぱいそうな顔で見あげました。

「ガーディは病気《びょうき》かもしれないよ、ジャレット」

「なんですって？　どうしてそう思うの？」

ジャレットはとてもおどろいて、しゃがみこみました。すると、ミールが泣《な》きだしそうな顔で、地面《じめん》に落《お》ちた葉《は》っぱをじっと見つめたのです。

「この葉っぱを見てよ、ジャレット。おかしな形《かたち》にあながあいて、落ちてるんだ。まだ葉をひろげたばかりの、元気いっぱいの葉っぱだっていうのにさ」

そのとなりで、アンまでしょんぼりとしています。

「そうなのよ、ジャレット。そんな葉っぱが何まいも。みんな、おかしなあながあいてるの。きっとガーディは、病気になっちゃった

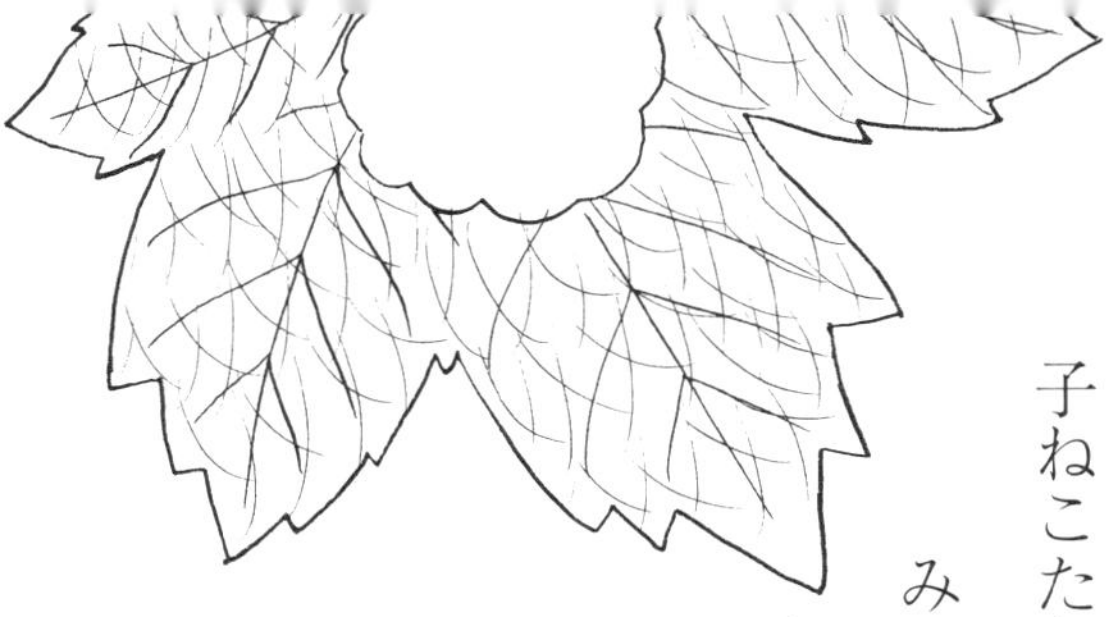

のよ」

ジャレットは、カエデの葉《は》っぱをひろいあげました。

子ねこたちのいう通り、落《お》ちている葉っぱには、みんなまん中にあながあいています。

あながあいていることをのぞけば、どれもきれいな葉っぱばかりでした。

「ほんとうだわ。病気《びょうき》なのかしら？　どうしよう……」

ジャレットもすっかり不安《ふあん》になりました。

と、そのとき。上から小さな声が

きこえてきたのです。

「このカエデは病気《びょうき》じゃないですよ、ジャレットさん。それ、ぼくが食べちゃったんです。おことわりもしないで、かってに食べてごめんなさい」

見あげると、一ぴきのモモンガが、まんまるの目でこちらを見おろしています。

その小さな手には、
もう一まい、ガーディの葉《は》っぱがにぎられていました。

モモンガは、葉っぱをもったまま、するするとおりてきて、ジャレットにおじぎをしました。

「こんばんは。あなたがハーブの薬屋《くすりや》さんのジャレットさんですね。ぼくはモモンガのカイトです」

それから、手にもった葉っぱに気がついて、もじもじとしました。

「いらっしゃいませ、カイト。よろしかったら、その葉っぱをめしあがれ」

「いいんですか？」

そういうと、カイトはうれしそうにカエデの葉っぱをきれいに四

つにおりたたみました。それから、そのまん中だけをおいしそうにかじります。そして満足《まんぞく》そうににっこりすると、のこった葉《は》っぱをポイッと投《な》げすてたのです。

「全部《ぜんぶ》食べないの？　カイト」

ミールが思わずそういうと、カイトはもうしわけなさそうにうなずきました。

「葉っぱは、まん中が一番おいしいんです。それに、こんなにたくさんあるから、全部食べるより、つぎの葉っぱが食べたくなっちゃって……」

それをきいて、ジャレットはおかしくなりました。

「だから、こんなふうにあながあいていたのね」

カイトが投げすてた葉っぱをひらくと、まん中にまるくあながあ

いていました。おり紙を四つにおって、まん中をはさみで切りおとしたのとおなじです。

「ぼくたちモモンガは、森でいろんなものを食べるんですが、春のやわらかい葉《は》っぱは、ごちそうなんです」

するとミールがうらやましそうにいいました。

「葉っぱがごちそうなら、毎日ごちそうでお腹《なか》がいっぱいだね。だって、森は葉っぱでいっぱいだもの」

でも、カイトは首をふりました。

「いいえ、どんな葉っぱでも食べられるわけではないんです。それに、すごくおいしい葉っぱをつける木は、ひとつの森に一本ずつくらいしかありません」

森のモモンガたちのあいだでは、湖《みずうみ》の向《む》こう側《がわ》に立っている大きなクヌギの葉っぱが一番おいしいといわれていました。

でも、それには、湖《みずうみ》をとびこえて、とばなくてはなりません。
湖は、よこに長く、たてにみじかい
三日月《みかづき》の形《かたち》をしていました。
モモンガたちは、そのみじかいほうを、
湖のまん中をよこぎって
とびこえるのです。
とはいっても、みじかいほうでも、
湖のはばはモモンガが一気に
とびこえられるはばでは
ありません。
　どのモモンガも、
まん中にのこっている

立ちがれた木に一度《ど》とびうつり、
それから向《む》こう岸《ぎし》のクヌギへと、とびうつっていきました。

立ちがれの木までとべるモモンガも、それほどたくさんはいませんでした。

「じつはぼくは、ほかのモモンガより、ちょっととぶのが苦手《にがて》なんです。あまり遠くまでとぶこともできなくて……」

きょう魔《ま》法《ほう》の庭《にわ》にやってくるのにも、とても時間がかかったようでした。

「それでも、一度《ど》湖《みずうみ》をとびこしてみようとしたことがあるんです。でも、立ちがれの木よりずっと手前で湖に落《お》ちて、かぜをひいてしまいました」

「まあ、たいへん。それじゃあ、かぜ薬《ぐすり》がほしいのね？」

ジャレットがそうたずねると、カイトは首をふります。

「いいえ、かぜはもうなおりました、ジャレットさん。でも、とぶのが下手《へた》なのは

相変《あいか》わらず。湖《みずうみ》をよこぎってとんで、向《む》こう岸《ぎし》のクヌギの葉《は》っぱを食べるのは、ぼくの『夢《ゆめ》』なんです。ですから……」

そこまできいて、ジャレットはちょっと困《こま》った顔をしました。

「カイト。ざんねんだけど、ハーブのお薬《くすり》で、できないことができるようになったりはしないのよ。もちろん、そういう魔法《まほう》はあるでしょうけれど、わたしは魔女《まじょ》じゃないから……」

ジャレットはそういいましたが、魔女だったトパーズだって、そういう薬はつくらなかったことを知《し》っています。ほんとうのすがたより、よく見せる薬はつくってはいけない、とレシピブックにもかいてあるのです。

でもそうきいて、カイトはガックリとため息《いき》をつきました。

「せっかくここまできてくれたのに、ごめんなさい、カイト。なにかほかのことで、お役《やく》に立てるといいのだけれど……」

するとカイトは、思いつめたようすでジャレットを見あげました。

「それなら、『あきらめる薬《くすり》』をつくってください。ジャレットさん」

「あきらめる薬ですって？」

おどろいてくりかえすジャレットに、カイトはしっかりとうなずきました。

「湖《みずうみ》の向《む》こうにいきたいって、二度《ど》と思わないですむように、『夢《ゆめ》をあきらめる薬』がほしいんです。そんな薬があるなら、湖の向こうのクヌギのことを考えるたびに、のむようにしますから」

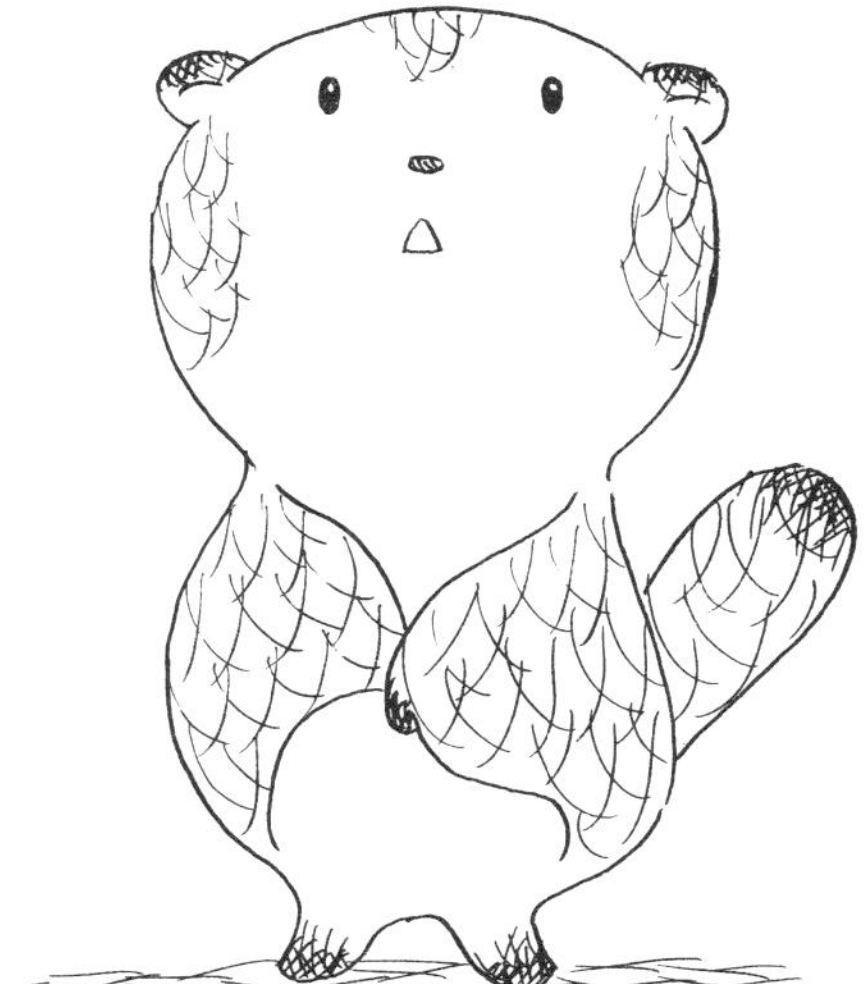

そうきいて、ジャレットは悲《かな》しくなりました。

いきつけないクヌギのことを夢《ゆめ》見て苦《くる》しむカイトは、魔女《まじょ》にはなれないのに、魔女の薬屋《くすりや》さんのあとつぎになった自分のよう……、

ジャレットは、そう感《かん》じたのです。
ですから、その注文《ちゅうもん》をことわることができませんでした。そして
カイトは、イースターの日の夜にお薬《くすり》をとりにきますと約束《やくそく》して、
帰っていったのです。
カイトを見おくってから、ジャレットはすっかり困《こま》ってしまいました。
(『夢《ゆめ》をあきらめる薬』のつくり方が、レシピブックにのっているとは思えないわ)
そう思いながら、それでもレシピブックを見てみようと、ジャレットはトパーズ荘《そう》にもどりました。

6

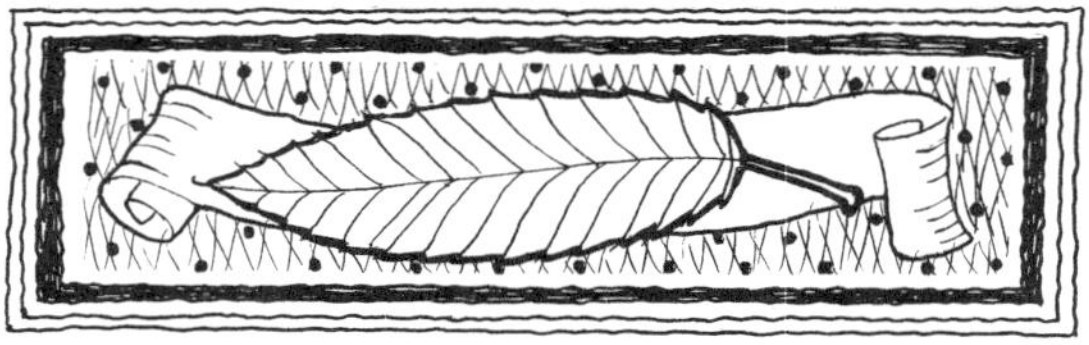

魔女《まじょ》のイースターエッグのつくり方

ジャレットがキッチンに入ると、テーブルの上に、ひらいたままのレシピブックがおいてありました。

「イースターに魔女《まじょ》がすることを、読んだままになっていたんだわ」

と、レシピブックをとじようとしたときでした。

強い南風が、少しあけてあったキッチンの窓《まど》をおしひろげたかと思うと、急《きゅう》にふきこんできたのです。

あたたかな風は、ジャレットの

長い髪《かみ》をゆらし、テーブルの上のレシピブックのページをパラリとめくりました。

あわてて窓《まど》をしめるジャレットのうしろで、子ねこたちがさけぶ声がきこえてきます。

「ジャレット。このページにも、何かがかいてあるよ。たまごの絵もかいてある」

風がめくったあたらしいページは、ジャレットにも見おぼえのないものでした。

「まあ、もう一ページ、まだ読んでいないページがあったのね。イースターに魔女《まじょ》がすることが、まだほかにもあったなんて。それは、どんなことかしら……？」

レシピブックをのぞきこむと、そこには、たしかにたまごの絵がかいてありました。それは、つくり方を説明《せつめい》する絵で、たまごでサシェをつくる方法《ほうほう》がかいてあったのです。その絵の上には、トパーズらしい、ゆうがな文字で「魔女《まじょ》のイースターエッグのつくり方」と、かいてありました。

「それは何なの？　ジャレット」

かわいいたまごの絵が、アンは気になるようです。

「たまごのサシェよ、アン。たまごの中をからにして、ポプリや、エッセンシャルオイルをふくませたコットンを入れてかおらせるの」

ジャレットはいままでも、たくさんのサシェをつくってきました。

布《ぬの》で小さなふくろをつくったり、きれいな紙でつつんだり、つくり方はいろいろ。でも、どんな形《かたち》のサシェの中にも、ききめのあるかおりが入っていました。

「たまごのサシェは、まだつくったことがないわ。楽しそうね」

ジャレットはそういって、目をかがやかせました。何より、このレシピには、魔法《まほう》も呪文《じゅもん》も必要《ひつよう》ないようです。アンとベルも、このレシピをとても気に入りました。

「それに、このたまごはとってもきれいね、ジャレット」

ベルのいう通り、つくり方にかいてあるたまごには、きれいな布《ぬの》がパッチワークのようにはられていて、かおりがでてくる窓《まど》のところには、うつくしいレースがあしらってあります。

「いくらたまごが
きれいでも、
中のかおりも
よくなくちゃ
ダメよ、ジャレット」

アンにそういわれて、ジャレットはその通りだと思いました。

そして、レシピを読みすすむと、かおりのレシピが三つかいてあるのを見つけます。

「どうしてこの三つでないとだめなのかしら？　サシェに入れるかおりは、お客《きゃく》さまに合わせてブレンドするものなのに」

ジャレットは少し首をかしげましたが、すぐにこう気づきます。

「これはふつうのサシェじゃなくて、『イースターエッグ』でもあるんだわ。だからトパーズは、イースターにふさわしいかおりのブレンドレシピをかいたのよ」

「イースターにふさわしいかおりって、どういうの？　ジャレット」

子ねこにたずねられたとき、ジャレットは思わず、こうこたえそうになりました。

（それはきっと、春のかおり。ヒヤシンスやスイセンの、あまくてはなやかなかおりにちがいないわ。すいこめば、だれでも夢心地《ゆめごこち》になるような……）

　ところが、レシピに目を通したジャレットは、目をまるくします。そこにかいてあった三つのブレンドレシピは、そんなかおりとはまるでちがっていたからです。

ひとつは、アトラスシダーとジュニパー。
これは、むくみになやむお客《きゃく》さまによく
使《つか》うブレンドでした。
つぎは、ゼラニウムとティートリー。
体によぶんなものがたまって、ふきで
ものができたお客さまにブレンドした
ことがあります。

もうひとつは、スイートオレンジと
ペパーミント。
きんちょうやドキドキがおさまらない
お客さまに、よくブレンドするオイル。
「イースターなのに、春らしくてはなやか

どころか、どれも『デトックス』の
かおりの組みあわせだわ」

デトックスというのは、体に悪《わる》いものや、必要《ひつよう》のないものを外に追《お》いだすことをいいます。調子《ちょうし》が悪い体に、よいもの、栄養《えいよう》のあるものをあたえてなおすことは、よくあります。

でも、デトックスは、あたえるのではなく、その逆《ぎゃく》なのです。

「どうしてデトックスのレシピなのかしら？」

しばらく考えこんでいたジャレットは、魔法《まほう》の庭《にわ》からただよってくるかおりに、気が

ついて、ハッとなりました。そして、春に、花をさかせるハーブを思いうかべたのです。

「スミレやタンポポ、それにカモミール。どれも『デトックス』するのが得意《とくい》なハーブばかりだわ」

そう気づくと、ジャレットは、それに何か大切《たいせつ》な意味《いみ》があるような気がしてきました。

そうしてワクワクした気もちで、レシピブックを手にとったのです。

ジャレットは、こういい

ました。

「春のはじまりにぴったりなハーブのお薬《くすり》は？」

するとレシピブックは、すぐに大きくかがやきます。

ページをめくると、あたらしいレシピがたくさんかいてありました。

体からよぶんな水分を追《お》いだしてくれる、エルダーフラワーやフェンネルのハーブティー。体の中のめぐりをよくする、ローズマリーやグレープフルーツのオイルをつかったマッサージ。ジュニパーベリーのオイルをまぜこんだおふろ用《よう》のバスソルト。そんなレシピがずらりとならんでいます。

「やっぱり、どれもデトックスのレシピだわ」

レシピにつかわれているエッセンシャルオイルも、体からいらないものを追《お》いだすききめをもっているオイルばかりです。

トパーズや魔女《まじょ》たちは、春は体の大そうじをする季節《きせつ》だと考えていたようでした。あたらしい命《いのち》がはじまる春のはじめは、冬のあいだにとどこおっていたものを追いだして、スッキリさせるのにぴったりな季節だからです。

「春は、木にあたらしい葉《は》っぱが芽《め》ぶくように、わたしたちの体も新品みたいにピカピカになる季節なんだわ。キリスト教でのイースターも『生まれ変《か》わる』ことをお祝《いわ》いする日ですもの。生まれ変わったようにピカピカになる一番の方法《ほうほう》は、悪《わる》いことを全部《ぜんぶ》外にだして身軽《みがる》になることなのね」

すると、きれい好《ず》きな子ねこたちが、こういいました。

「そうだよ、ジャレット。何かあたらしいことをはじめる場所《ばしょ》が必《ひつ》要《よう》なら、部屋《へや》のかたづけからはじめなくちゃ」

「それに、あれこれちらかったままじゃ、『さあ、やろう』っていう気もちもなくなっちゃうからね、ジャレット」

それをきいて、ジャレットはハッとなりました。

もしかしたら、体だけじゃなくて、心もデトックスが必要なときがあるのかもしれないと思ったのです。

「キャロルの心をデトックスしたら、どうなるかしら？」

すると、子ねこたちはいっせいに耳をピンと立てました。

「それはいいね、ジャレット。あの『いいわけ屋《や》』の心から、いいわけをおそうじしようよ」

ジャレットも、うれしそうにうなずきました。

「キャロルに必要《ひつよう》なのは、胃《い》のお薬《くすり》じゃない。デトックスのお薬なのよ。このレシピのサシェは、きっと役《やく》に立つわ」

キャロルの心からいろいろないいわけをデトックスして追《お》いだせば、きっと春のようなまっ白な気もちになることでしょう。そうすれば、もう一度夢《どゆめ》にチャレンジしようと思うはず……、ジャレットもそう思ったのです。

7

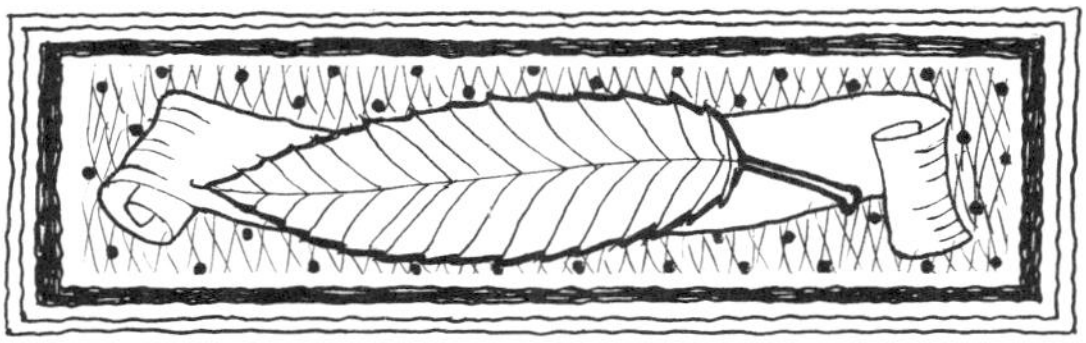

心をおそうじする薬《くすり》

つぎの日。

さっそくジャレットは、キャロルのために、たまごのサシェをつくりはじめました。

まず、生たまごに直径《ちょっけい》二〜三センチほどのあなをあけていきます。たまごのからは、われやすいので、とてもむずかしい仕事《しごと》です。

あながあいたら、今度《こんど》はそこから中身《なかみ》をだします。そのあと、からになったたまごの中をきれいにあらってかわかすのです。

すっかりかわいたら、たまごの中にコットンボールを入れます。
そこへ、あらかじめつくっておいたかおりのオイルを
数てき、ふくませました。
かおりは、三つのレシピの中から、
選《えら》びました。心にききめのある
「スイートオレンジと
ペパーミント」です。

そのあとは、布《ぬの》でたまごをおおっていきます。

小さな布をパッチワークのように、ボンドではりつけていくのです。あなはオーガンジーでおおい、そのふちには、うつくしいレースのテープをはりました。つりさげてかざれるように、たまごの上にリボンをはりつければ、できあがりです。

こうして、イースターのたまごのサシェはうつくしくしあがりました。

そして、キャロルも約束《やくそく》通り、その日の夕方にもう一度《ど》トパーズ荘《そう》へやってきます。

きょうもキャロルは、何度《なんど》もため息《いき》をつきながらやってきました。

相変《あいか》わらず、詩《し》はかけていないようです。

「いらっしゃい、キャロル。薬《くすり》はできています」

そういって、ジャレットがたまごのサシェをさしだすと、キャロルは目をまるくしました。

「これが、わたしの胃《い》の薬《くすり》？」

と、たまごをもって、
ぐるりとサシェをながめます。

「とてもステキなたまごだわ、ジャレット。でも、のんだりぬったりは、できないみたい。ほんとうに胃《い》にきくのかしら？」

するとジャレットは、首をふりました。

「いいえ、キャロル。これは胃の薬ではないんです。でも、きっと胃がいたいのはなおるはずよ」

まだふしぎそうな顔をしているキャロルに、ジャレットはこうつづけました。

「これは『心をおそうじする薬《くすり》』なんです。必要《ひつよう》のない気もちをおそうじで追《お》いだして、ほんとうに大切《たいせつ》な夢《ゆめ》だけが心にのこるように。

木や植物《しょくぶつ》が息《いき》をふきかえす春は、何かをやりなおすのに、ぴったりな季節《きせつ》ですもの」

そうきいて、キャロルはハッとなりました。

「目をとじて、深呼吸《しんこきゅう》してみて、キャロル」

ジャレットのことば通り、キャロルはしずかに深《ふか》く

鼻《はな》から息《いき》をすいこみました。トパーズのレシピにかいてあったかおりが、キャロルの胸《むね》にひろがっていきます。

それから、ふうっと口から長く息をはきます。息をはきおわると、キャロルはパッチリと目をひらきました。

「なんて気もちのいいかおりかしら。生きかえった気がするわ」

「生きかえった」ときいて、ジャレットはクスッとわらいました。

「そうでしょうね。イースターですもの」

すると、キャロルもおかしそうにふきだします。

笑顔《えがお》のキャロルは、もんくをいっているときの三十倍《ばい》くらいきれいだとジャレットは思いました。

「ありがとう、ジャレット。このサシェは、胃《い》の薬《くすり》ではないみたいだけど、ほんとうに胃のいたみもなくなりそうだわ」

そして、キャロルはそっとたまごのサシェを胸《むね》にあてると、こういって帰っていきます。

「まるで、わたしをはげましてくれるおまもりみたい」

そのことばに、ジャレットはハッとなりました。

そして、とてもいいアイデアを思いついたのです。

8

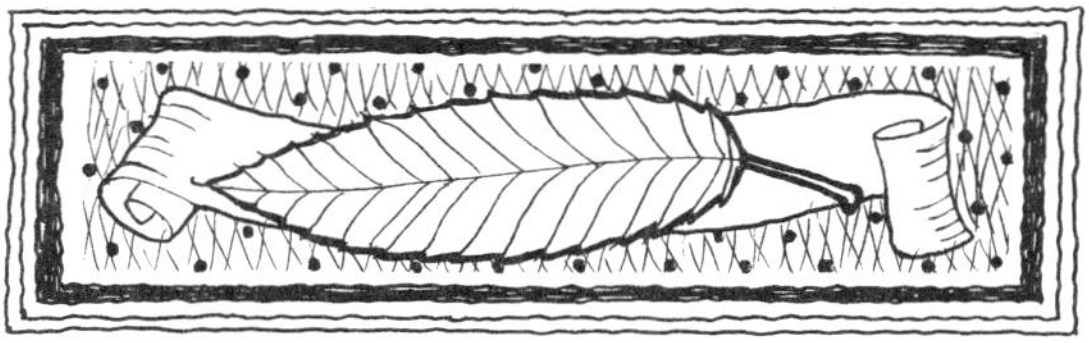

おまもりエッグ

「いったい、何を思いついたのさ、ジャレット」

走るようにキッチンへ入っていったジャレットのあとを、子ねこたちが追《お》いかけました。

「エッグハントのアイデアを思いついたのよ、子ねこたち」

たまごのいっぱい入ったかごをもちあげながら、ジャレットはそうこたえます。

「そういえば、ジャレットは魔法《まほう》の庭《にわ》でエッグハントをやりたがっていたよね」

「でも、ジャレット。チョコレートのたまごは、魔法《まほう》の庭《にわ》には、にあわないんじゃなかったの？」

すると、ジャレットはにっこりとわらいました。

「その通りよ、子ねこたち。おいしいチョコレートをさがしまわるのも楽しいけれど、魔法の庭では、もっととくべつなたまごを、さがしてほしかったの。キャロルがいっていた『おまもり』みたいなたまごよ」

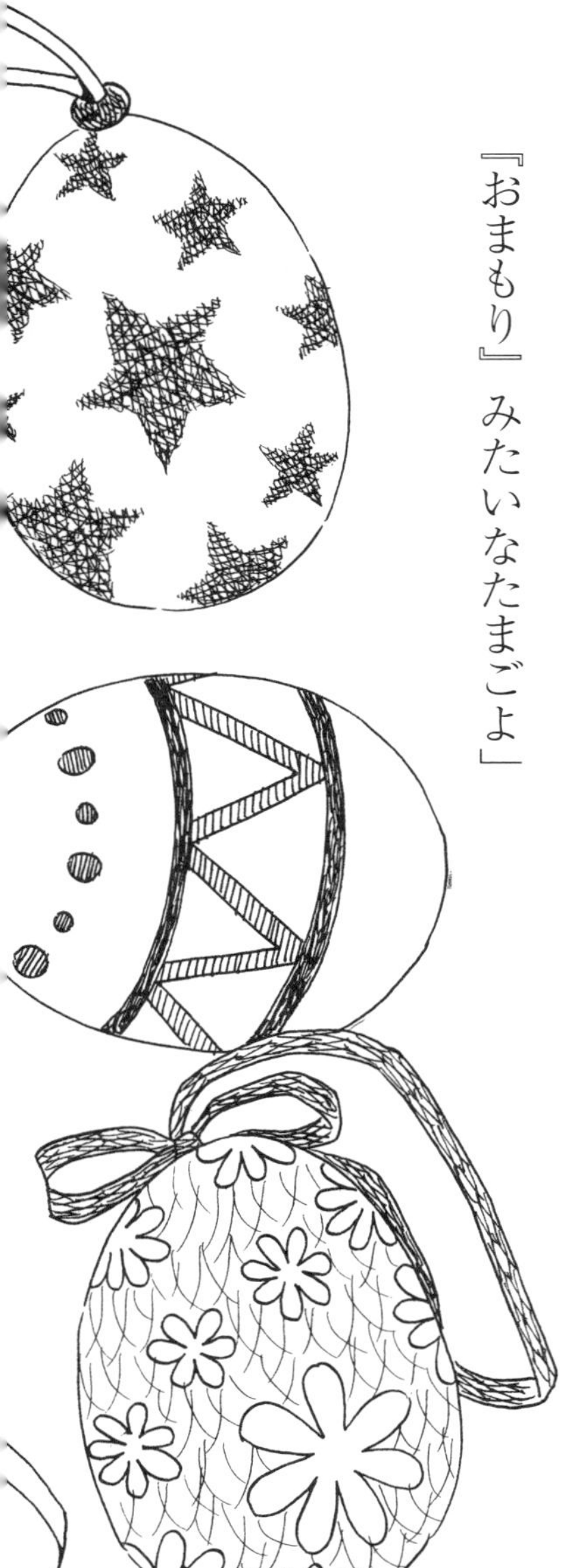

　ジャレットは、イースターエッグのはじまりは、無事《ぶじ》をいのるおまもりのプレゼントだった、といういいつたえをきいたことがあったのです。キャロルにとっても、たまごのサシェは心を楽にするおまもりになりました。

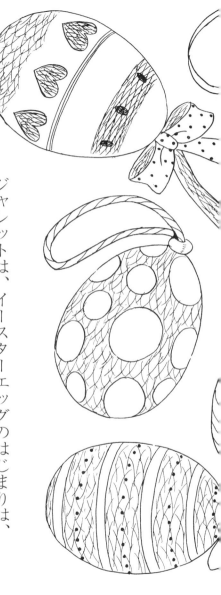

「今度《こんど》は村のみんなにとって、かおりの『おまもり』になるイースターエッグをつくるの。かおりは、トパーズの三つのかおりのほか

にも、いろいろつくるつもりよ」

春には、どんな人も心が落《お》ちつかなくなりがちです。

それに、冬のあいだ、むりをしたり、冷《ひ》やしたりした体がいたくなる季《き》節《せつ》でもありました。

ジャレットは、そんな人それぞれのなやみにきくように、いろいろなかおりの「おまもり」をつくることにしたのです。

そして、エッグハントにきたお客《きゃく》さまには、自分で「おまもり」になると感《かん》じたかおりの

たまごを選《えら》んでハントしていってもらいます。

「自分で選ぶの？　ジャレット」

子ねこたちは、ふしぎそうです。

「そうよ、子ねこたち。かおりには、それぞれきまったききめがあるわよね。でも、それとはべつに、いまの自分にとって必要《ひつよう》なかおりも『いいかおり』って感《かん》じるの。だから、自分で『おまもり』のかおりを選ぶことができるのよ」

そうきいて、子ねこたちはますますふしぎそうです。

でも、チコだけは少しうなずいて、こう

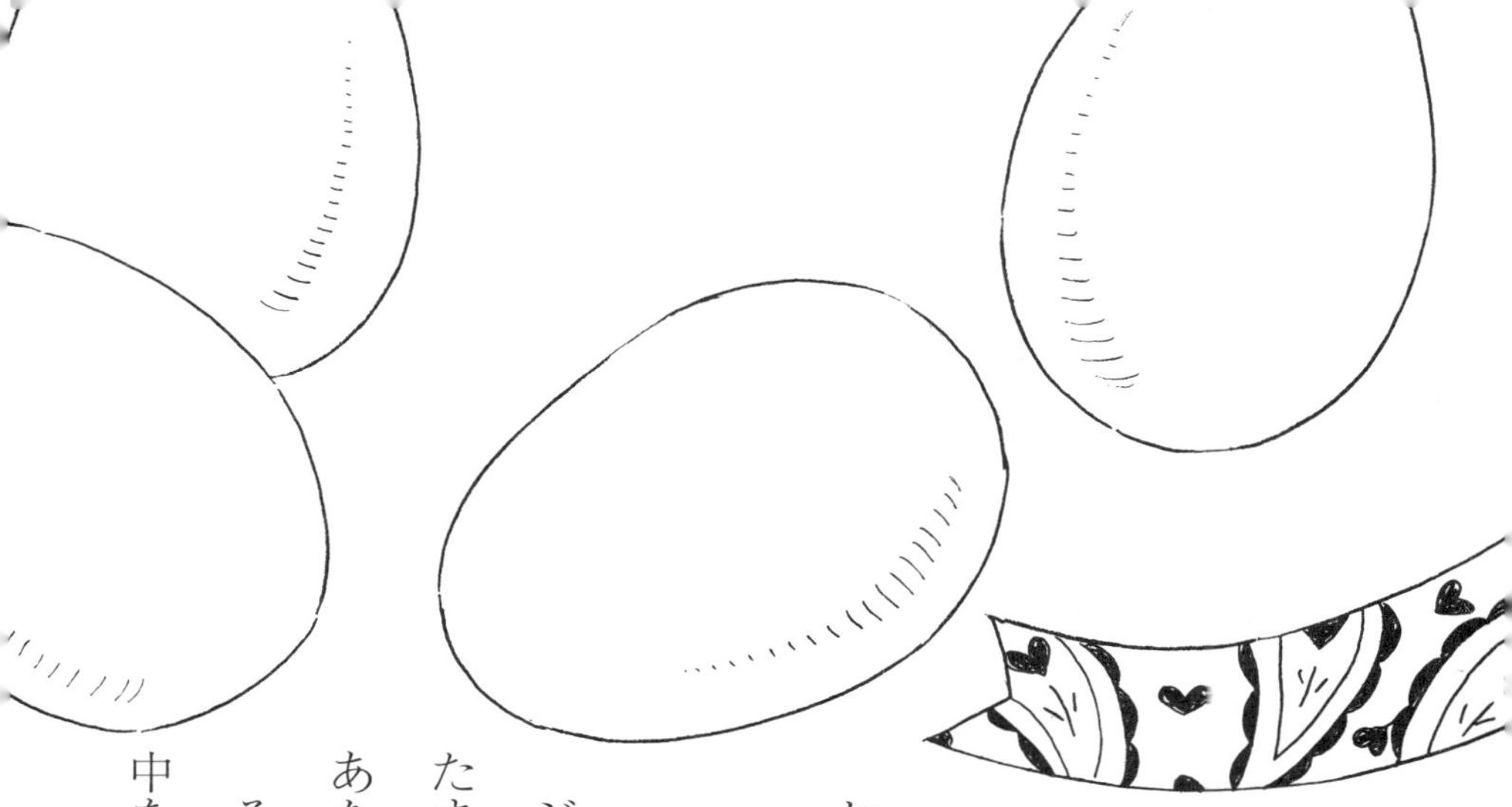

いいました。

「じゃあ、『好《す》きなかおり』は、ずっと変《か》わらずにいつもおなじじゃあないんだね。おもしろいなあ」

「そうね、チコ」

ジャレットは、そういいながら、たまごにしるしをつけて、あなをあけはじめました。

そして、たまごの中をきれいにあらう

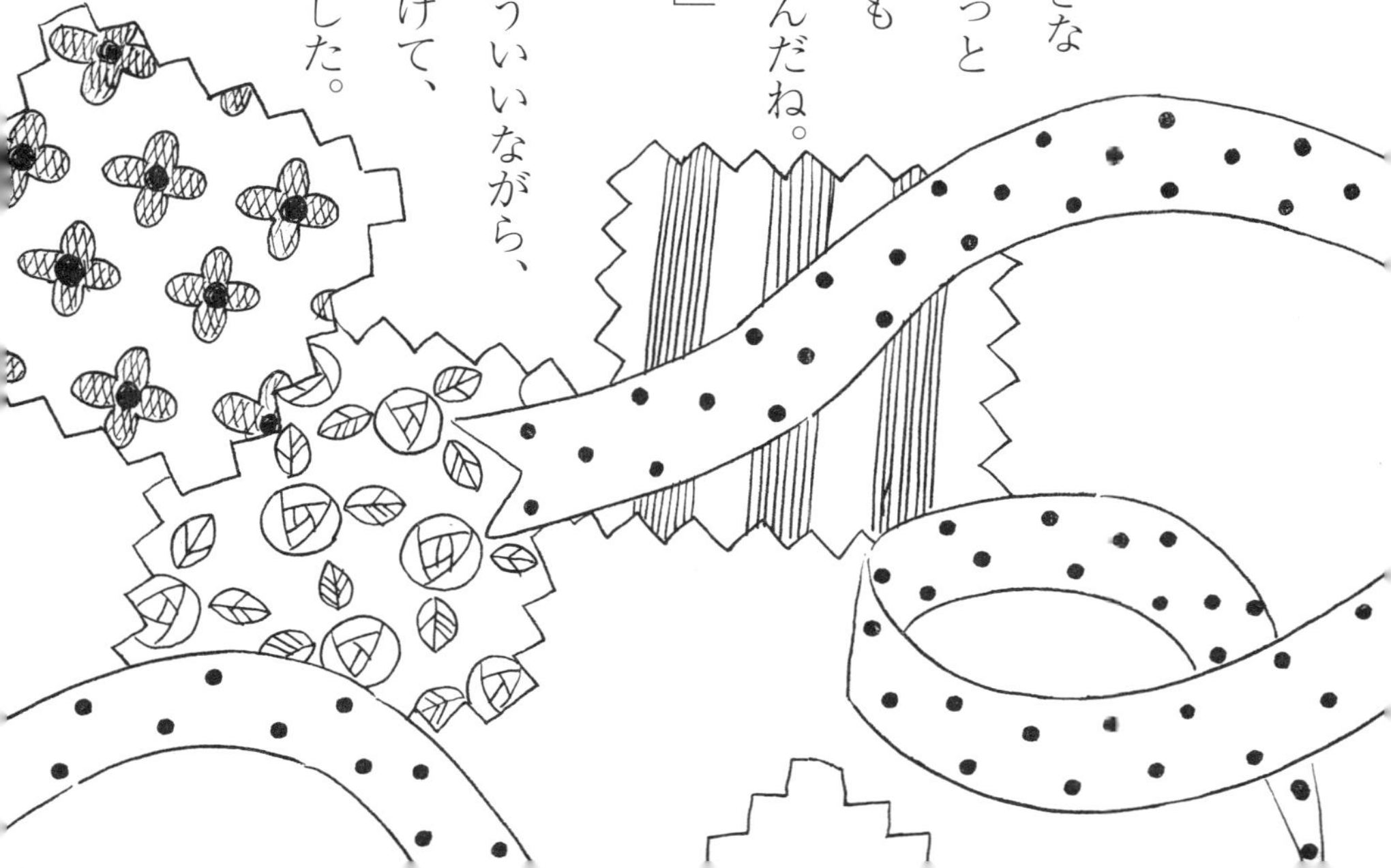

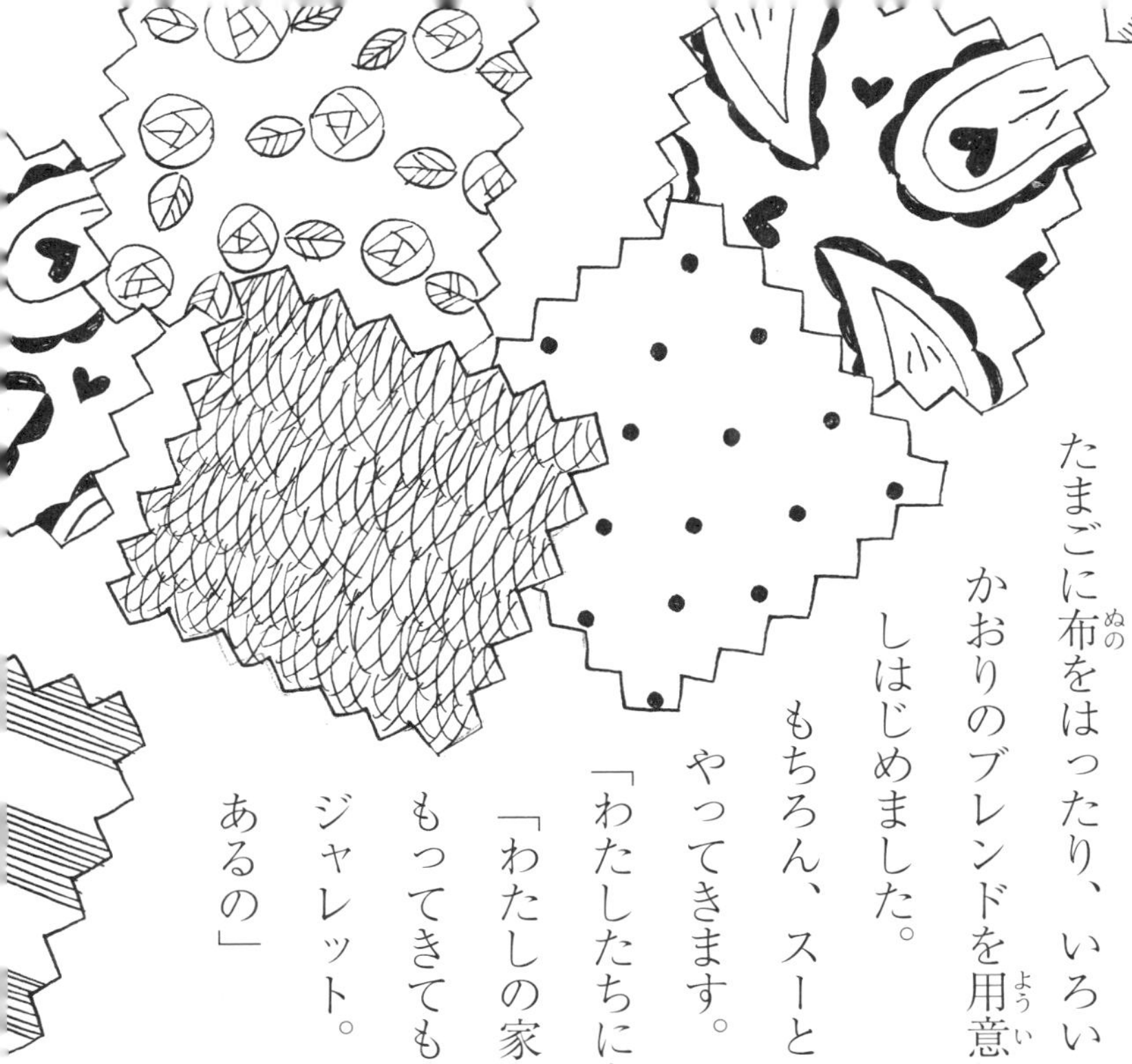

ところまでおえると、ベッドに入ったのです。

さっそくつぎの日から、ジャレットは、たまごに布《ぬの》をはったり、いろいろなかおりのブレンドを用意《ようい》したりしはじめました。

もちろん、スーとエイプリルもやってきます。

「わたしたちにも、手伝《てつだ》わせて！」

「わたしの家から布をもってきてもいい？　ジャレット。かわいいのがあるの」

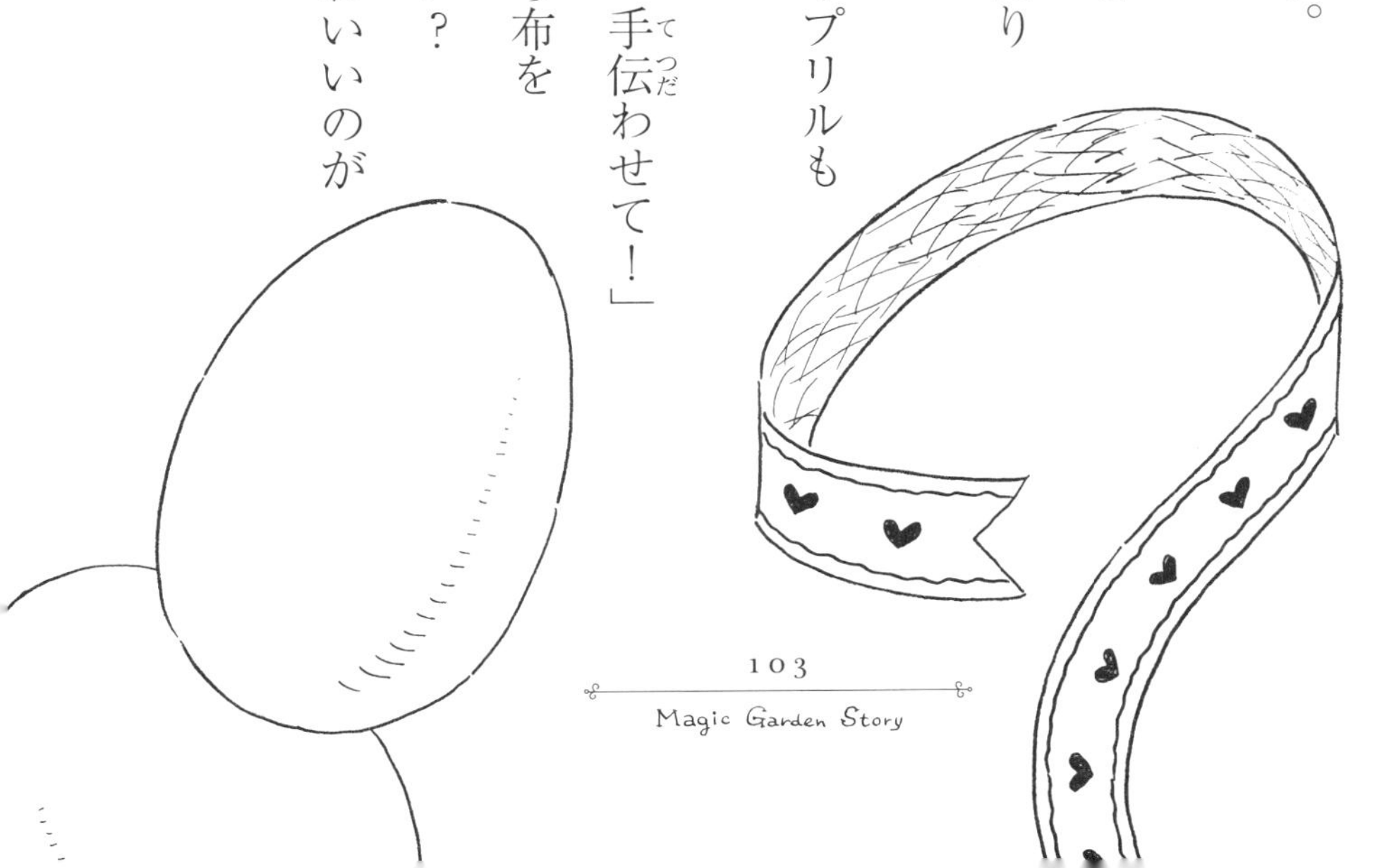

ふたりとも、この
楽しいアイデアに
夢中《むちゅう》になりました。
この調子《ちょうし》なら、
三日後の
イースターまでに
たくさんのたまごの
サシェをつくることが
できそうです。

9

夢《ゆめ》をかなえるいい方《ほう》法《ほう》

つぎの朝。

アンがジャレットの足もとにやってきて、得意《とくい》そうに顔を見あげました。

「わたしたち、もう『いいわけしない薬《くすり》』はいらなくなったのよ、ジャレット」

そうきいて、ジャレットは、ト

パーズのたまごさがしのことを思いだしました。子ねこたちはずっとたまごさがしをなまけていましたが、ジャレットもすっかりわすれていたのです。

「トパーズのたまごさがしのこと？　アン」

「そうよ、ジャレット。わたしたちはたまごさがしをなまけたくて、いいわけばかりしてたでしょ？　でも、ちゃんとまた、たまごさがしをはじめたの。だからもう『しないいいわけ』はいわなくてもよくなったのよ」

「まあ、えらいわ。アン」

そういって、おでこをなでると、アンはのどを鳴らしました。

そうして、じゅうぶんなでてもらってから、こうつづけました。

「どうしてまたはじめたのかっていうとね、さがし方を変《か》えたのよ。

ほら、見て、ジャレット」

そういって、アンは庭《にわ》にかけだします。

あとについて庭にでると、子ねこたちが、へいや、トパーズ荘《そう》の屋根《やね》、背《せ》の高い木にのぼっているのが見えました。そして、そこからじっと下を見おろしているのです。子ねこたちは、高いところからたまごをさがすことにしたのでした。おどろいているジャレットの足もとに、つぎつぎに子ねこたちがあつまってきます。

「このやり方なら、あんなにたいへんだったたまごさがしも楽ちんさ、ジャレット」

ラムが胸《むね》をはると、ニップがこうつづけます。

「おいらたち、犬のように地面《じめん》に鼻《はな》をすりつけて、少しずつ調《しら》べて

いくのは苦手《にがて》なんだ。だから、すぐなまけたくなっちゃっただけなのさ」

そのとなりで、ベルもうなずきました。

「そのかわりね、ジャレット。わたしたちは高いところにのぼるのも、下をずうっと見わたしているのも得意《とくい》なの。だから、このやり方に変《か》えたのよ」

この話に、ジャレットはすっかり感心《かんしん》しました。

でも、日を追《お》うごとに葉《は》をのばしているハーブを見て、ちょっと首をかしげます。

「でも、子ねこたち。いくら高いところにの

ぼっても、もっと葉《は》がしげってきたら、
地面《じめん》近くはすっかり見えなくなっちゃうんじゃないかしら？」
すると、アンが手をきれいになめながら、こういいました。
「もちろんそうよ、ジャレット。だから、そうなったら、たまごさがしはお休みするの。だって、秋になれば、また地面が見えるようになるんですもの。それからまた、さがせばいいわ」

それをきいて、ジャレットはハッとなりました。子ねこたちのいう通りです。大切《たいせつ》なのは、たまごをさがすこと。いますぐ見つけることでも、きまったやり方でさがすことでもないのです。

「そうよ、アン。たまごをさがす方法《ほうほう》も、夢《ゆめ》をかなえる方法も、たったひとつじゃないんだわ」

そのことに気がついたとき、ジャレットはキャロルのことを思いうかべました。

「すぐにキャロルに会いにいかなくちゃ。あさっての魔法《まほう》の庭《にわ》のエッグハントを、キャロルにも手伝《てつだ》ってもらうのよ。これできっと、キャロルの胃《い》は二度《ど》といたくならないはずだわ」

10

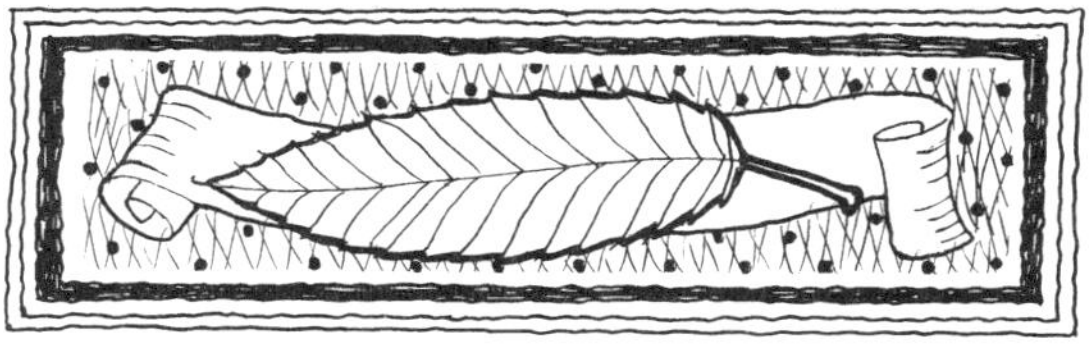

魔《ま》法《ほう》の庭《にわ》のエッグハント

きょうは、いよいよイースターです。

スーのおかげで、村中の人たちに「魔《ま》法《ほう》の庭《にわ》のエッグハント」のもよおしを伝《つた》えることができました。

お昼になる前に、ジャレットとスー、エイプリルは、かごいっぱいのたまごのサシェをもって庭にでました。

そうして、すぐに見つけられる場《ば》所《しょ》にひとつずつおいていきます。

HAPPY EASTER

中には、リボンを枝《えだ》にかけて、どこからでも見えるようにおいたたまごまでありました。

たまごをひとつおいていくたびに、庭《にわ》にいいかおりがひろがっていきます。もともといいかおりのする魔法《まほう》の庭でしたが、きょうはとくべつな日になりました。

こうして、たまごのサシェを全部《ぜんぶ》かくしおわると、三人はにっこりとわらいあいました。そしてハーブティーとクッキーをいただきながら、お客《きゃく》さまがくるのをまつことにします。

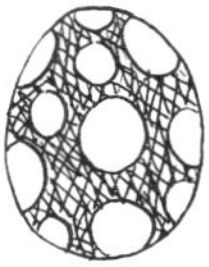

昼をすぎるころ。この風変《ふうが》わりなエッグハントをしようと、村のみんながあつまってきました。

「やあ、いいかおりだなあ」
「わたしは、このかおりが好《す》きだわ」
みんな、ひとつひとつのかおりを
たしかめながら、自分にとっての
「おまもり」のたまごを選《えら》んでいます。
そして、これと思えるたまごに出会うと、ひときわ
深《ふか》く息《いき》をすいこむのでした。
「わたしのおまもりは、このかおりだわ」
魔《ま》法《ほう》の庭《にわ》のそこかしこから、みんなのそういう
声がきこえてきます。

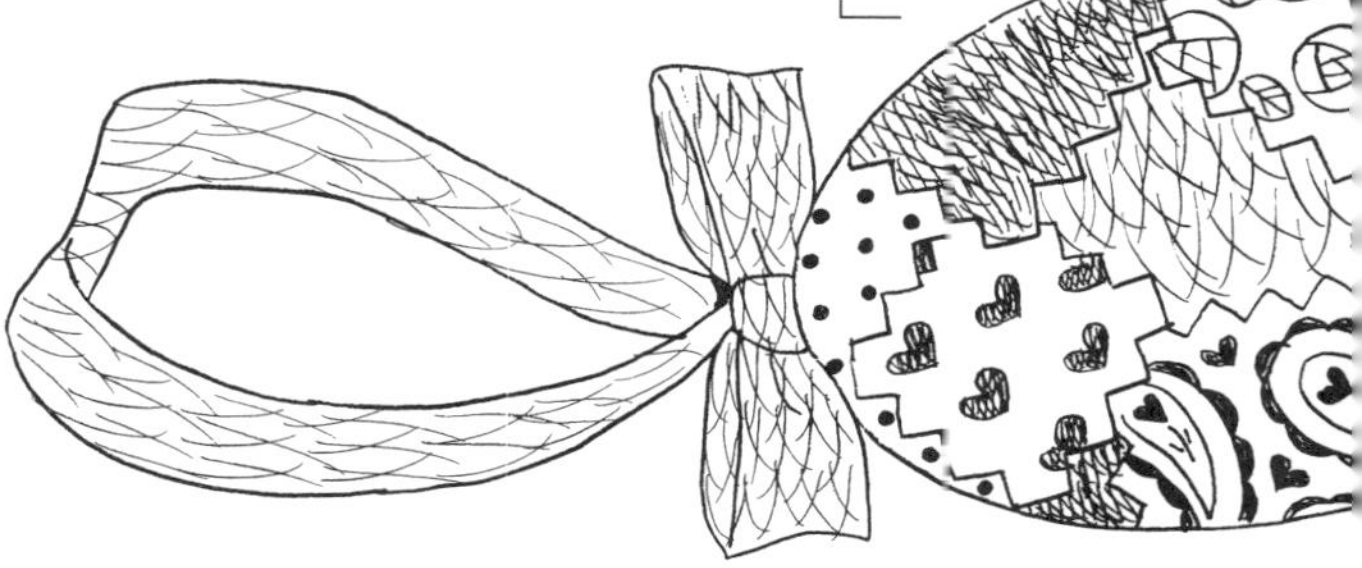

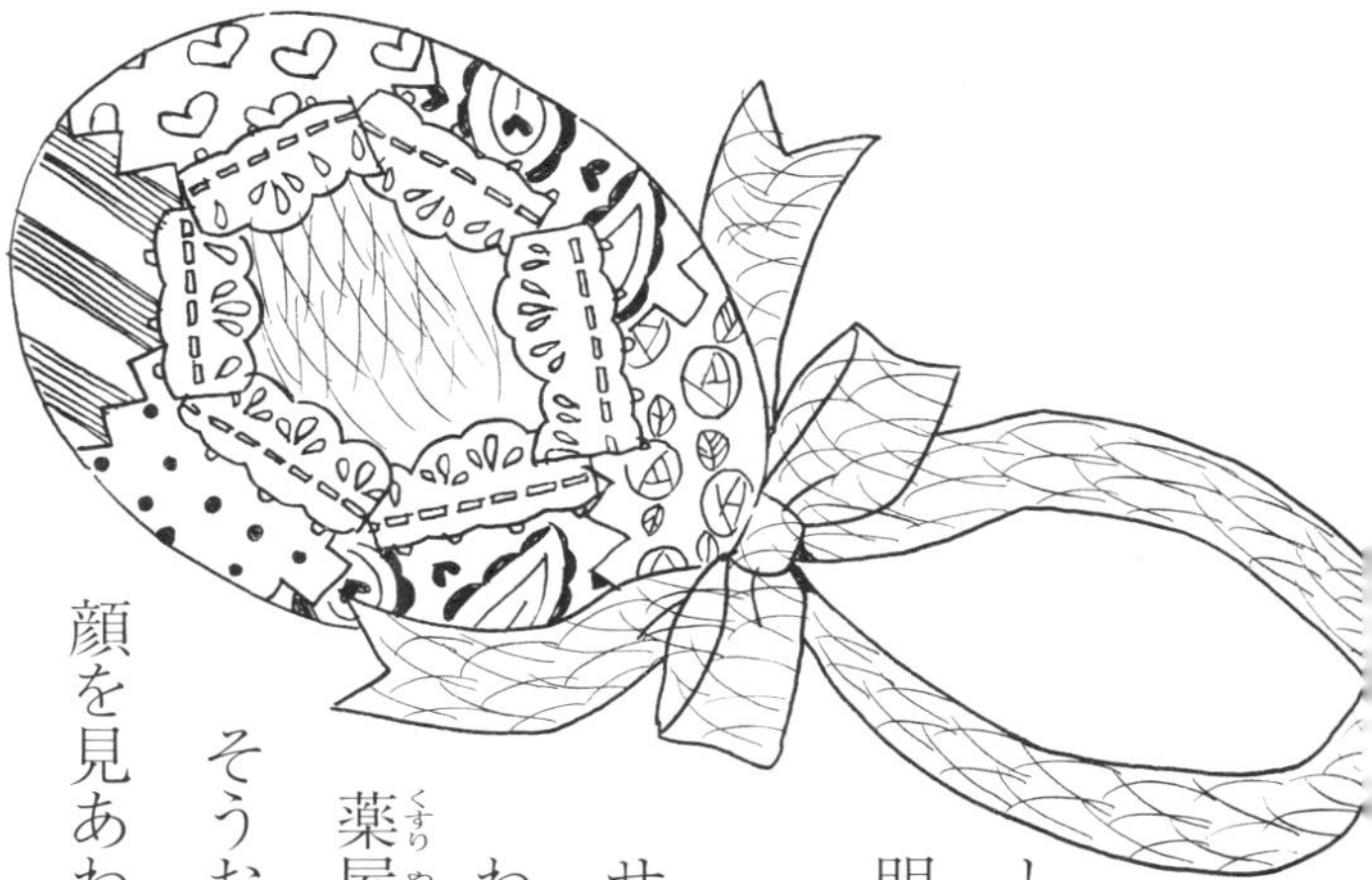

しばらくすると、キャロルも
明るい顔でやってきました。
「こんにちは、ジャレット。あなたのたまごの
サシェのおかげで、気もちが冬から春に切りか
わったみたい。ジャレットはすばらしい
薬《くすり》屋《や》さんね」
そうお礼《れい》をいうキャロルを見て、子ねこたちは
顔を見あわせました。
「ジャレットは、きょうの
エッグハントをキャロルにも
手《て》伝《つだ》ってもらうっていってたよね」

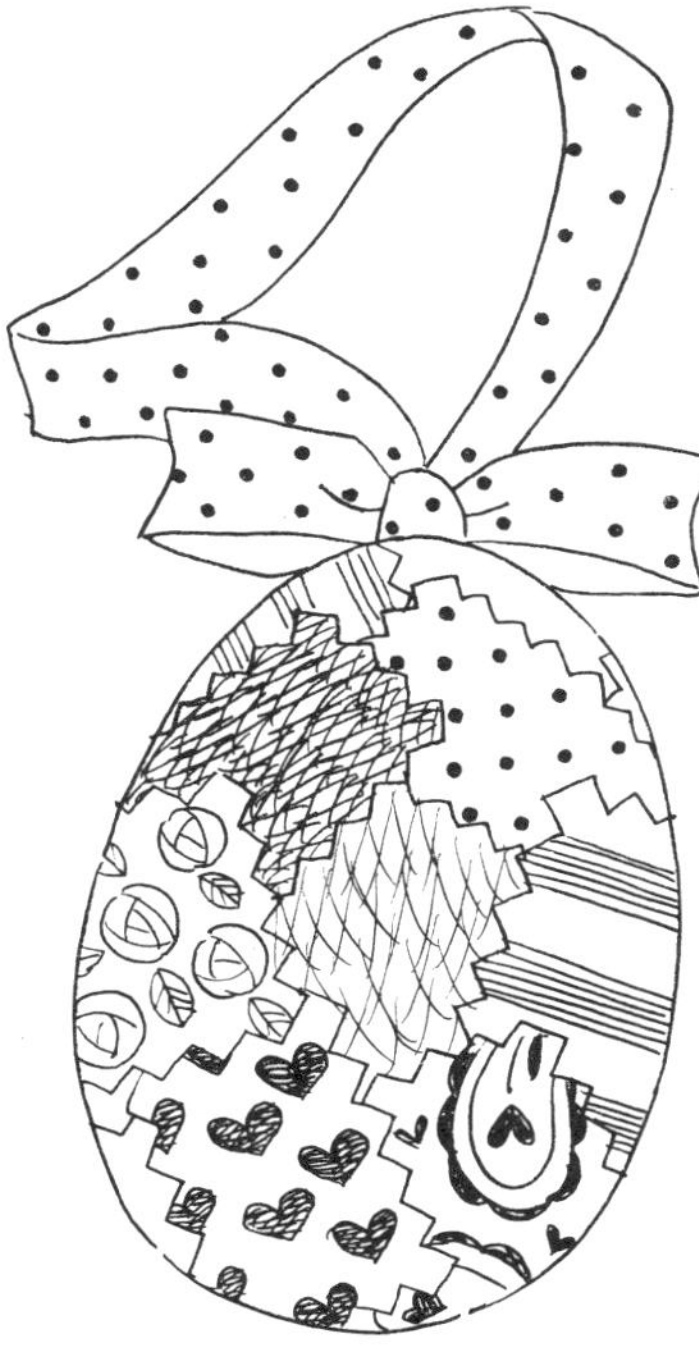
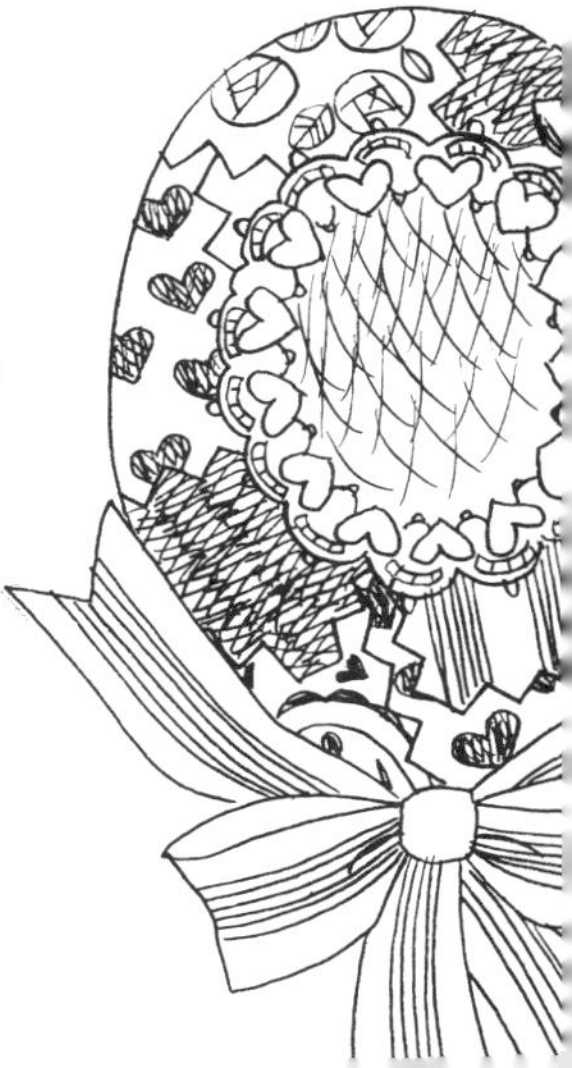

「うん。ジャレットは、キャロルに何をたのんだのかな」

子ねこたちがそう話していると、ジャレットが

ガーディのカエデの下に進《すす》みでました。

ここは少しひらけていて、庭《にわ》の中の

ステージのような場所《ばしょ》です。そこで

大きく手をあげると、みんなの

注目《ちゅうもく》をあつめました。そして、

お客《きゃく》さまの顔が全部《ぜんぶ》こちらを

向《む》いたのをたしかめてから、

こういったのです。

「みなさん！　いまから、

春の詩《し》の朗読《ろうどく》を

おとどけします。
朗読《ろうどく》してくれるのは、
わたしたちの村がほこる詩人《しじん》、
キャロルです！」
そう紹介《しょうかい》されると、キャロルは
ほおをバラ色にそめました。そして、
よく通るすんだ声であいさつをしました。
「みなさん、フィンランドでは、イースターに
子どもたちが春の詩を朗読するそうです。ですから
わたしも、そのステキな習慣《しゅうかん》をまねしてみたいと思います」
おととい、ジャレットがキャロルにたのんだのは、このこと
でした。パパとママの手紙を思いだして、春の庭《にわ》で春の詩を朗読す

ることを思いついたのです。

「まあ、ステキね」

「ぜひききたいな」

魔法《まほう》の庭《にわ》にあつまったお客《きゃく》さまも、口々にそういって、キャロルを応援《おうえん》してくれました。

そうしてキャロルは、この日のために、かきあげたばかりの詩《し》を、おずおずと、でも迷《まよ》いのない声で朗読《ろうどく》しはじめました。

ときどき小鳥のさえずりの伴奏《ばんそう》が入り、みんなしずかにききいります。

その詩《し》は、まるでデトックスのききめのあるハーブのようでした。みんなの心を清《きよ》らかにあらってくれる、ステキな詩だったのです。

朗読《ろうどく》がおわると、魔法《まほう》の庭《にわ》いっぱいに、はく手《しゅ》がひろがりました。

キャロルのほおは、ますます赤くほてっています。

そんなキャロルの手を、ジャレットはしっかりとにぎりました。

「ありがとう、キャロル。とてもステキな詩《し》だったわ」

「わたしこそ、ありがとう、ジャレット」

キャロルの目は、いままでにないほどキラキラとかがやいていました。

こうつづけたのです。そして、

「わたしはいままできれいな本を出版《しゅっぱん》して、有名《ゆうめい》

になることだけが、詩人《しじん》になることだと思っていたの。でも、たまごのサシェのかおりにつつまれて、こう考えてみたのよ。『いまのわたしにできる範囲《はんい》で詩人になってみるのはどうかしらって』」

そして、これ以上《いじょう》はないほど、うれしそうにほほえみました。

「わたしは、詩がかけないのは、自分のせいじゃないと思っていたわ。まわりのせいにばかりしていたの。でも、たまごのサシェのかおりが、それはまちがいだって気づかせてくれたのよ。たしかにいまのわたしには、詩《し》をかく時間はあまりないし、アドバイスしてくれる先生もいないけれど、それは詩をかけない原因《げんいん》なんかじゃなかった。できなかったんじゃなくて、やらなかっただけ。さっきの詩だって、ちょっとした時間を何回かかさねて、つくることができたのよ。そして、みんなにきいてもらう機会《きかい》まで」

それからキャロルは、ギュッとくちびるを結《むす》んでから、ジャレットを見つめました。

「だから、わたしはもう夢《ゆめ》をあきらめたりしない。いまのままで、いまできることを、つづけていくつもりよ。そうすれば、いつかはステキな本を出版《しゅっぱん》できるようになるかもしれないもの」

ふたりがそう話していると、ひとりのステキな女性《じょせい》が近づいてきました。キャロルがはたらく花屋《はなや》さんの店長さんです。

「すばらしかったわ、キャロル。あんなにステキな詩《し》がつくれるなら、もっとたくさんかかなくちゃ」

それから、あっと思いついて、こうつづけました。

「そうだわ。お花をだれかにおくるお客《きゃく》さまから、詩の注文《ちゅうもん》をとってみたらどうかしら？　花たばの注文をうけるときに、あなたがお話をきいて、花たばをうけとるお客さまにぴったりな詩をかいてあげるのよ。それなら、毎日詩がかけるかもしれないわ」

もちろんキャロルは大よろこびです。

この日からキャロルのまわりには、彼女《かのじょ》がひとつでもすばらしい詩がかけるように応援《おうえん》する人たちがふえていったのです。

11

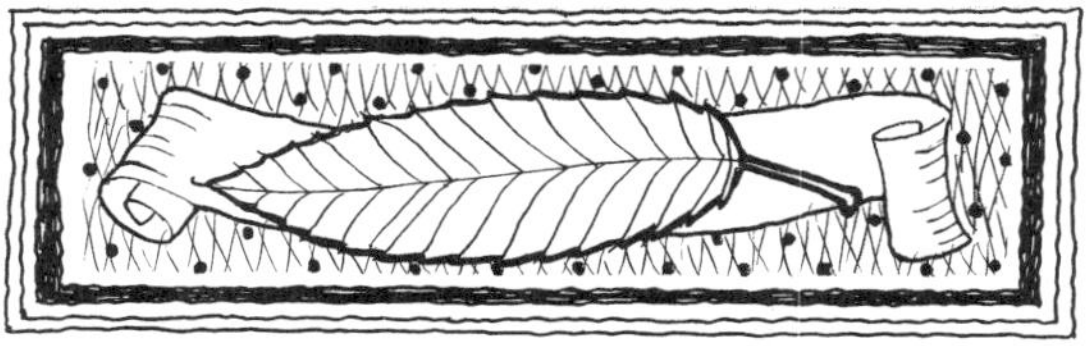

カイトの夢《ゆめ》にきく薬《くすり》

　こうして、キャロルの詩《し》の朗読《ろうどく》も大成功《だいせいこう》。ジャレットは、ほっと胸《むね》をなでおろしました。庭《にわ》にのこるたまごもあとわずかです。

　そのとき、ジャレットは自分の足もとを見て、あっと声をあげました。

　そこには、まん中にあなのあいた葉《は》っぱが、たくさん落《お》ちていたのです。

　そっと見あげると、こちらをじっと見おろしている目がありました。やっぱりモモンガのカイトです。

（少しはやくついてしまったのね。それとも、エッグハントを見たかったのかしら？）

どちらにしても、カイトはおいしいカエデの葉《は》をかじりながら、魔法《まほう》の庭《にわ》のエッグハントをこっそり楽しんでいるようでした。

でも、カイトが約束《やくそく》通りやってきたことを知《し》って、ジャレットは少し困《こま》ってしまいました。カイトのための薬《くすり》を、まだ用意《ようい》できていなかったからです。

（夢《ゆめ》をあきらめる薬……、むずかしい注文《ちゅうもん》だわ。どうしよう）

ジャレットは、ため息《いき》をつきました。

しばらくして、かくしておいたたまごはひとつのこらずエッグハントされました。どのたまごも、だれかの「おまもり」になったの

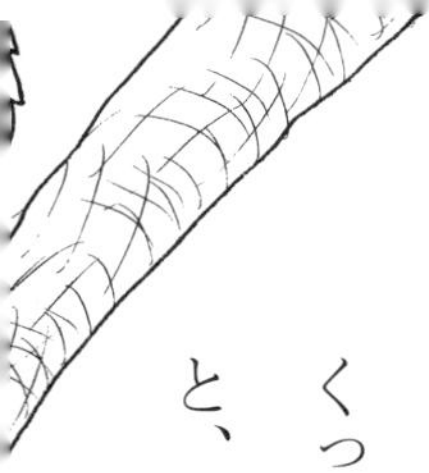

です。魔法《まほう》の庭《にわ》のエッグハントは、村中のみんなによろこばれました。

「楽しかったわね、ジャレット」

「またあしたね、ジャレット」

スーとエイプリルも帰ってしまうと、魔法の庭は急《きゅう》にしずかになりました。すると、ガーディのカエデの枝《えだ》さきまで、カイトがおりてきたのです。

「ごめんなさい、ジャレットさん。また勝手《かって》に、カエデを少しいただきました」

「かまいませんとも、カイト。それより、お薬《くすり》をきょうまでにつくっておく約束《やくそく》だけれど……」

と、ジャレットがもうしわけなさそうにいいはじめたときでした。

カイトは、それをさえぎるように、
はっきりとこういったのです。
「ジャレットさん。夢《ゆめ》をあきらめる薬《くすり》は
もういりません。そのかわり、キャロル
さんにつくってあげたお薬とおなじお薬
をもらえませんか？」

ジャレットはおどろきました。
カイトはキャロルの詩《し》に感動《かんどう》して、
そんなふうに思ったのでしょうか。
ジャレットは少し考えてから、
こうこたえます。

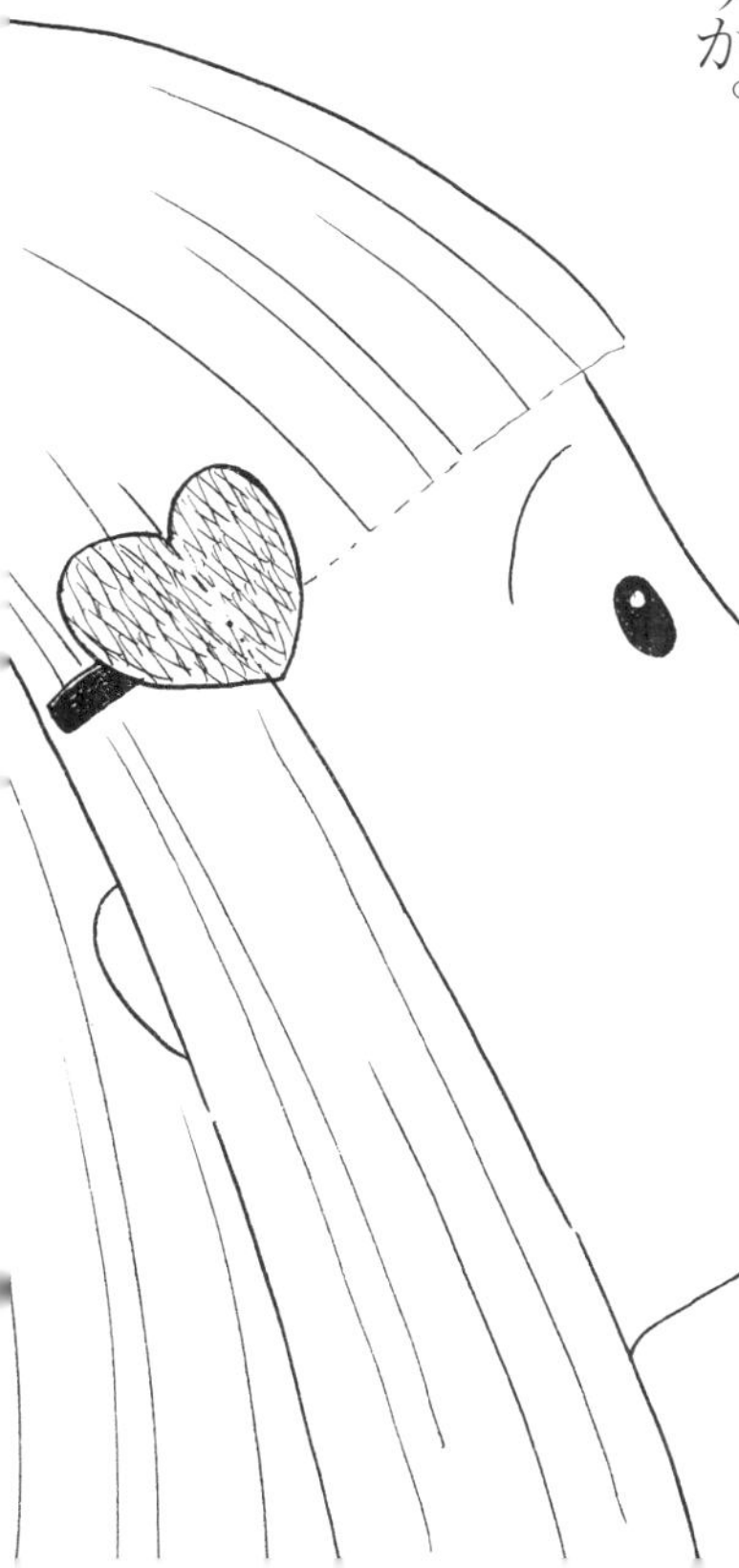

「あれはカイトには必要《ひつよう》のないお薬《くすり》よ。だって、カイトは自分のしっぱいをだれかのせいにしたりしないでしょ？　それどころか、カイトは、しっぱいは自分の力不足《ちからぶそく》のせいだと思うから、落《お》ちこんでしまうのよ」

そして、にっこりとわらって、こうつづけました。

「キャロルにあげたお薬は、心の中からいいわけを追《お》いだすための『おそうじのお薬』なの。カイトの心には、おそうじする『いいわけ』は何もないから、ききめがないわ」

ところが、カイトはこういいました。

「いいえ、ぼくもキャロルさんとおなじなんです」

カイトは、キャロルの朗読《ろうどく》も、

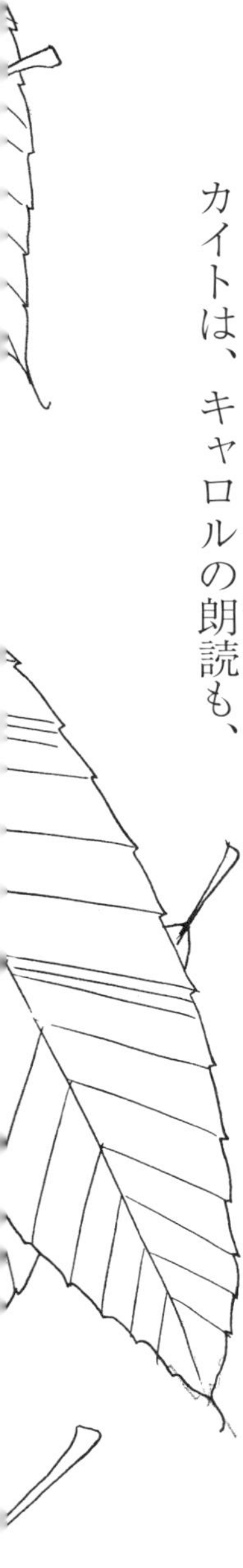

そのあとジャレットに話したことも、
全部《ぜんぶ》きいていたのです。そして、こうつづけました。
「キャロルさんが夢《ゆめ》をかなえる方法《ほうほう》がひとつきりだと思っていたように、ぼくも、クヌギにいくために湖《みずうみ》をわたろうとばかりしていたから。みんなそうしているし、そうすれば二回とぶだけでいけるから。でも、そうしなくても、クヌギにいけることを、ぼくはわすれていました」

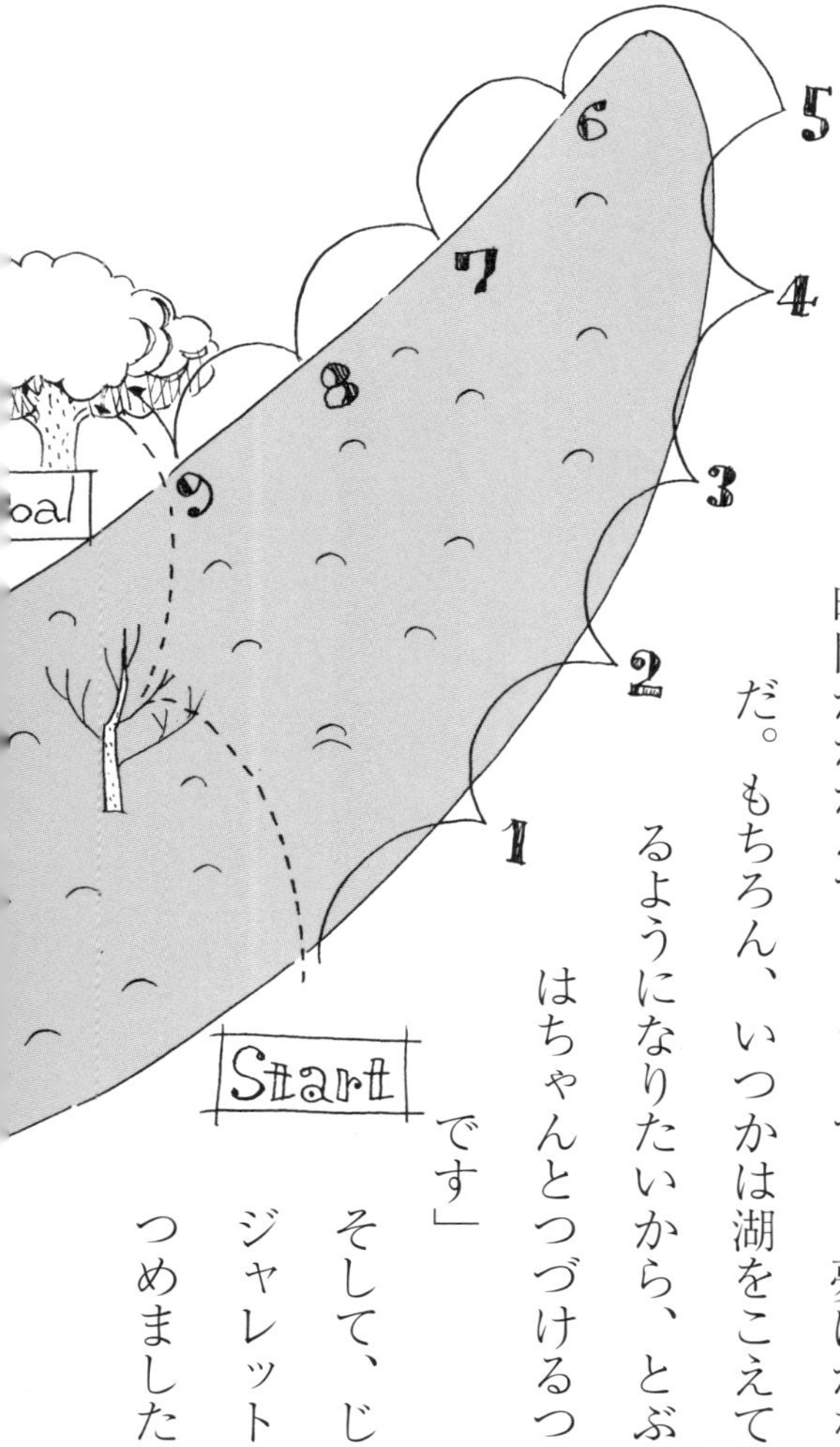

そこで、子ねこのチコがこういいます。

「わかった！　遠まわりをするんだね、カイト。湖《みずうみ》をグルッとまわっていくんだ」

「その通りです、ねこさん。湖をこえていくより何倍《ばい》も時間がかかるでしょう。でも、夢《ゆめ》はかなうんだ。もちろん、いつかは湖をこえてとべるようになりたいから、とぶ練習《れんしゅう》はちゃんとつづけるつもりです」

そして、じっとジャレットを見つめました。

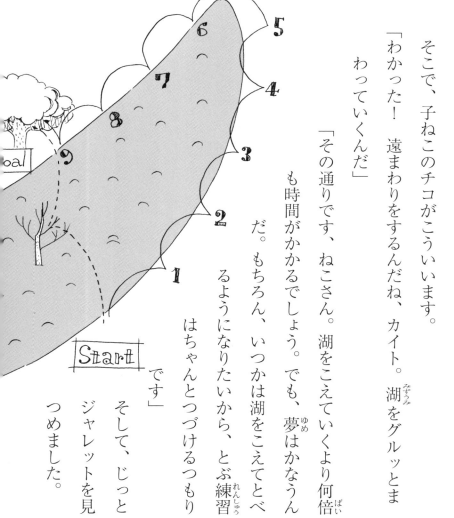

「夢《ゆめ》をかなえる方法《ほうほう》はひとつじゃない。しっぱいしても落《お》ちこまないで、ほかの方法をさがせばいいんだって思えるように、ぼくもキャロルさんとおなじハーブのおまもりがほしいんです。つくってくれますか?」

ジャレットは、にっこりとうなずきました。

「もちろんよ。ステキなおまもりになりそうね、カイト」

それから、ジャレットは大いそぎでたまごのサシェをつくりました。モモンガのカイトの大きさにあわせて、ウズラのたまごでつくったサシェです。

「ありがとう、ジャレットさん。ぼくの夢《ゆめ》がかなったら、きっとジャレットさんにも、そうとわかりますよ」

カイトはそういって、うれしそうにサシェのかおりをすいこみました。

どうしてジャレットにも、そうとわかるのでしょう。ジャレットは首をかしげながら、カイトが森に帰っていくのを見おくったのでした。

12

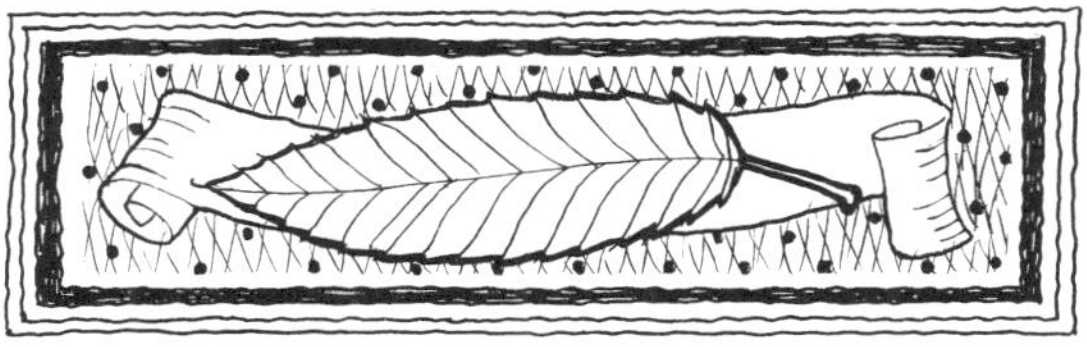

ガーディ

それから何日かが、すぎていきました。

トパーズのたまごは見つからないまま、魔法《まほう》の庭《にわ》は、もうすっかりハーブのわか葉《ば》におおわれてしまっています。

そんなある朝のこと。

子ねこたちが、トパーズ荘《そう》のドアノブにおかしな葉っぱがかけてあるのを見つけました。

「見てよ、ジャレット。あながあいてるよ」

その葉《は》っぱには、まん中にまるくあながあいていました。

「まあ！　これはクヌギの葉っぱよ、子ねこたち。なんてりっぱな、大きな葉っぱでしょう」

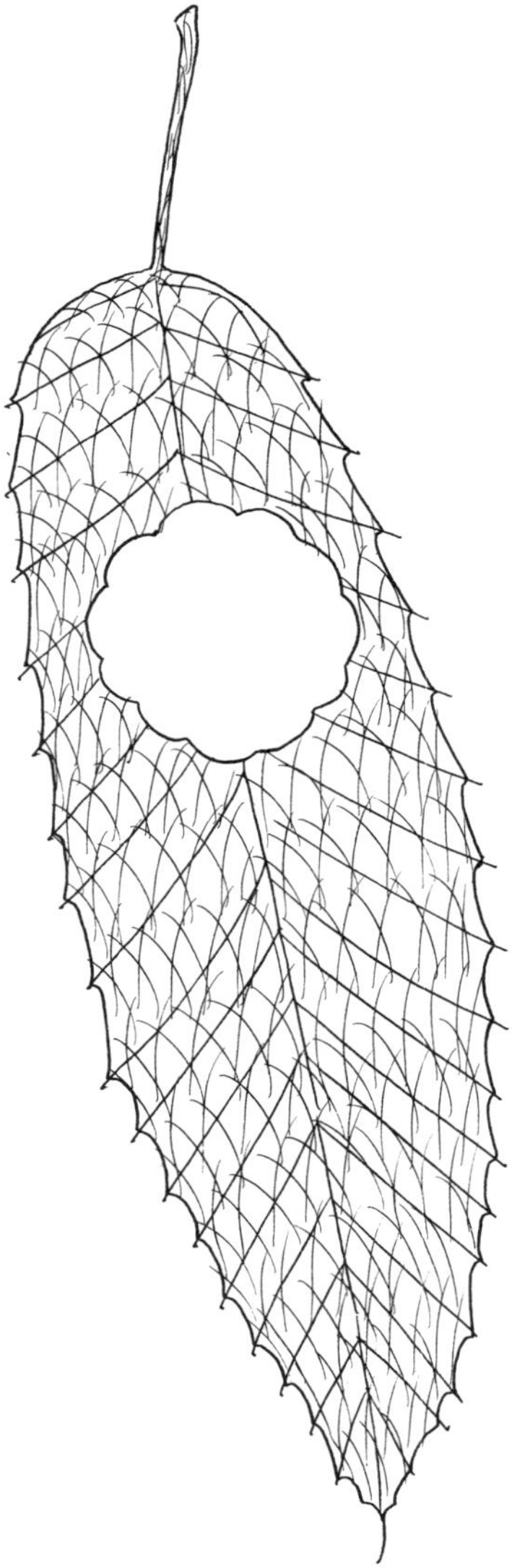

この葉っぱをもってきたのがだれなのか、ジャレットにも子ねこたちにも、すぐにわかりました。

「カイトが、クヌギの木にたどりついたんだね！　ジャレット」

カイトは、ぐるりと遠まわりをして湖《みずうみ》の向《む》こうへいき、クヌギの葉《は》っぱをかじって夢《ゆめ》をかなえたのです。そう思うと、ジャレットはとてもうれしくなりました。そして、こう気づいたのです。

（カイトの夢は、まっすぐに向《む》こう岸《ぎし》にとぶことじゃなかった。もちろんそうできればいいけれど。カイトの夢は向こう岸のクヌギの木へいくこと。わたしの夢も、魔女《まじょ》になることじゃなかったはずよ）

それから、ジャレットはレシピブックをもう一度《ど》ひらいて、「イースターに魔女がすること」を読みかえしました。

「ここにかいてあるのは、魔女にしかできない魔法《まほう》だらけ。でも、その魔法の目的《もくてき》は何かしら？　おなじ目的にたどりつけるなら、魔法をつかわなくてもいいはずよ。たとえどんなに遠まわりでも」

レシピにかいてある魔女《まじょ》の仕事《しごと》は、どれもみな「ハーブや木に感《かん》謝《しゃ》すること」が目的《もくてき》でした。そして、「その力とめぐみをわけてもらうこと」。そのために魔法《まほう》の薬《くすり》をつくり、呪文《じゅもん》をとなえるのです。

そう気がつくと、ジャレットの心は軽《かろ》やかになりました。

魔法の庭《にわ》を見わたすと、顔をだしたばかりのわか葉《ば》やつぼみが、キラキラ光りながら、南風にゆれています。

その葉《は》っぱ一まい一まいが、自分を役立《やくだ》ててほしいとジャレットに話しかけているようでした。

「イースターの魔女《まじょ》の仕事《しごと》で何より大事《だいじ》なのは、ハーブや木々に感《かん》謝《しゃ》する気もちそのもの。魔女でなくても、その気もちを心からもつことが大切だと思うようにしよう」

ジャレットはそう思いました。

「呪文《じゅもん》はいえないけれど、お礼《れい》や祝福《しゅくふく》のことばなら、わたしにもい

えるわ。大切《たいせつ》なのは、ことばに魔法《まほう》のききめがあることじゃないのかもしれない。感謝《かんしゃ》や祝福《しゅくふく》のことばを、心をこめて伝《つた》えることなのかもしれないわ」

そう考えると、ジャレットは、もうじっとしていることができませんでした。そうして、魔法の庭《にわ》にかけだしたのです。

ジャレットの手には、魔女《まじょ》のつえのかわりに、パパとママが送《おく》ってくれたネコヤナギの枝《えだ》がにぎられていました。

そして、カエデの木の下のベンチにすわり、呪文《じゅもん》のかわりにこういったのです。

「魔法の庭のハーブたち、ガーディ、すばらしいめぐみをありがとう。これからも、みんなのパワーをわけてくださいね。わたしはそれを上手《じょうず》につかえるように、がんばります。いつかトパーズのようなハーブの薬屋《くすりや》さんになれるように……」

すると、やさしい風が手にしていたネコヤナギの枝《えだ》をゆらし、ジャレットのほおをなでました。ハッとなって顔をあげると、ジャレットは目を見はります。

目の前に、なつかしい人が立っていたのです。
ずっと会いたかった人でした。

「ガーディ……！」

ジャレットが名前をさけぶと、ガーディは、やさしくうなずきました。

「きっとトパーズのようになれますとも、ジャレットさん」

そしてガーディは、きっぱりと、それでいてやさしい声でこうつづけました。

「夢《ゆめ》は遠くにかがやく道しるべのようなもの。それがずっとかがやいていて、あなたがそれ

を見うしなわないことが大切《たいせつ》なのですよ。たとえ、いますぐにその光の下にまっすぐにたどりつけなくても、うまくいかなくて、光から遠ざかってしまうことがあっても、それでもいいのです。光を見うしなわなければ、きっとあなたはトパーズのようになれますよ」

ジャレットは、胸《むね》がいっぱいになって、ただこういいました。

「でも……ときどき不安《ふあん》になるの。自信《じしん》もなくなるときがあるわ」

「だいじょうぶ。そんなときのために、あなたにこの庭《にわ》のひみつをひとつ教えてあげましょう、ジャレットさん」

そしてガーディは、じぶんの根《ね》もとに、トパーズがかくしたイースターエッグがあると教えてくれたのです。

それは根もとにできたうろに入っていて、たいらな石でふたをしてあるというのです。

「このイースターエッグは、トパーズがこの館《やかた》に住《す》みはじめたころに、おまもりとしてかくしたたまごです。大事《だいじ》なおまもりは、かんたんには見えないところにあるものなのですよ。見えなくても、ききめは、ばつぐん。いつでもあなたや子ねこたちを見まもっています」

「ジャレット、ジャレット」

子ねこたちのあたたかくて小さな手が、ジャレットのほっぺをポンポンとたたきました。

「ここでお昼寝《ひるね》するつもり？　ジャレット」

ジャレットは、ハッとなってあたりを見まわします。

「ガーディ……」

けれど、そのすがたはもうありませんでした。

「いつのまに寝《ね》ちゃったのかしら。じゃあ、あれは夢《ゆめ》だったの……」

そう思うと、ジャレットはがっかりしました。

そのとき、ガーディのカエデの根《ね》もとに、たいらな石があるのを見つけたのです。

「これは、ガーディが教えてくれた、たいらな石だわ。根もとのうろをかくしている石よ！」

ジャレットは、もう一度《ど》目をかがやかせました。

そして石をどけると、ガーディのいう通り、そこにはイースターのたまごがかくされていたのです。

たまご全体《ぜんたい》にぬられた赤はつやつやで、少しも色あせていませんでした。そこに、きらきらとかがやく、銀《ぎん》の絵《え》の具《ぐ》でうつくしいもようがかいてあります。

「ついに見つけたね、ジャレット」

「中にはすごい宝石《ほうせき》が入っているかもしれないよ、ジャレット」

子ねこたちはそういいましたが、だれも、わって中を見てみようとはいいませんでした。そうしてさいごにニップが、みんなの気もちを口にしたのです。

「このたまごは、おいらたちをまもってくれているおまもりなんだよね、ジャレット」
もちろんジャレットはうなずきました。
「そうよ、子ねこたち。ふだんは見えないけれど、ちゃんとここにあって、ずっと見まもってくれているの。ダイヤモンドのかがやきよりも、ずっとすばらしい力でね」
「それなら、もとにもどしましょうよ、ジャレット」

「このたまごは、ずっとかくしておかなくちゃ、ジャレット」

ジャレットは、たまごをそっとうろにもどすと、もと通りに石をかぶせました。たまごはもう一度《ど》かくされて見えなくなり、ジャレットたちの手の中には、何ものこりませんでした。

それでもジャレットと子ねこたちの心の中には、とてもとくべつなものがいつまでものこったのです。

「イースターのおまもりたまごは、パパとママとおなじだわ。
たしかに見まもってくれているって信《しん》じられるから」
だれからも見えないし、ふだんはどこに
あるのかもわからない、宝石《ほうせき》のような
すばらしいおまもり。
それは魔法《まほう》の庭《にわ》の
カエデの根《ね》もと
だけにあるわけ
ではないのです。
そのおまもりが
自分の心の中に
いつもあることを

感《かん》じると、ジャレットはうれしくなりました。

そして、トパーズのようになりたいという夢《ゆめ》の光に、また一歩近づけた気がしたのです。

こうして魔法《まほう》の庭《にわ》に、またあたたかい季節《きせつ》がめぐってきました。

バラのかおりがただよい、ハチのブンブンという羽音《はおと》がきこえてくるのも、きっともうまもなくです。

ジャレットのハーブレッスン

魔《ま》女《じょ》のイースターエッグ

●たまごの用意●

1 金《かな》ぐし（なければ小さめのフォーク）でコツコツたたいて1cmくらいのあなをあけます。

2 中の黄身《きみ》をつついてわり、やさしくほぐしたら、中身をだします。

3 あなのふちを少しずつ指《ゆび》でくだいて2cmくらいまであなをひろげます。

★あなのふちがギザギザでも、布でかくれるからOK！

4 水で中をよくあらって、かわかします。

★たまごは、われやすいから、大人の人といっしょにやってね。

●布《ぬの》とかおりの用意《ようい》●

オーガンジー（1まい）

あなをおおえるサイズ

パッチワークの布

2cmくらい（ピンキングばさみで切るとかわいい！）

リボン

Ⓐ15cm　1本

Ⓑ30cm　1本

レースリボン

1cm くらいに切ったものを 8～10こ

コットンボール

コットン（綿《わた》）をてのひらでまるくまとめます。（直径《ちょっけい》2cm くらい）

エッセンシャルオイル

好《す》きなかおりのオイル　2～3てき

春のデトックスのかおり3つ

すっきり デトックス （アトラスシダー 1てき）＋（ジュニパー 2てき）

冬に運動《うんどう》不足《ぶそく》だったあなた。だるい体も、これですっきり！

きれいに デトックス （ゼラニウム 1てき）＋（ティートリー 1てき）

よぶんなものがたまって元気がないおはだをよみがえらせよう！

ほんわか デトックス （スイートオレンジ 1てき）＋（ペパーミント 1てき）

不安《ふあん》やイライラ、ドキドキ……。よぶんな気もちを追《お》いだそう！

パッチワークたまごをつくる

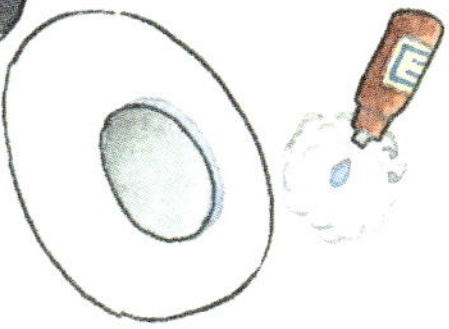

1 コットンボールにオイルをふって、たまごに入れます。

2 パッチワークの布《ぬの》のうらにボンドをぬって、はってい
ます。あなのふちからはみだした布は、内側《うちがわ》におりこ
ます。あなにはオーガンジーをはりましょう。

3 2のオーガンジーのふちをかくすように、レースをはっていきます。

4 リボンⒶの両《りょう》はしにボンドをぬって、たまごの上にはりつけます。

5 4のはしを布でおおってかくし、リボンⒷをむすべばできあがり！

作・絵　あんびるやすこ
群馬県生まれ。東海大学文学部日本文学科卒業。主な作品に、「ルルとララ」シリーズ、「なんでも魔女商会」シリーズ、「アンティークFUGA」シリーズ（以上岩崎書店）、『せかいいちおいしいレストラン』「こじまのもり」シリーズ（以上ひさかたチャイルド）『妖精の家具、おつくりします。』『妖精のぼうし、おゆずりします。』（以上PHP研究所）『まじょのまほうやさん』「魔法の庭ものがたり」シリーズ（以上ポプラ社）などがある。
公式ホームページ　http://www.ambiru-yasuko.com/

お手紙、おまちしています！　いただいたお手紙は作者におわたしします。
〒160-8565　東京都新宿区大京町22-1
（株）ポプラ社「魔法の庭ものがたり」係

「魔法の庭ものがたり」ホームページ　http://www.poplar.co.jp/mahounoniwa/

ポプラ物語館 72
魔法の庭ものがたり 20
魔法《まほう》の庭《にわ》の宝石《ほうせき》のたまご

2017年3月　第1刷
作・絵　あんびるやすこ
発行者・長谷川 均
編集・安倍まり子　井出香代
デザイン・宮本久美子　祝田ゆう子
発行所・株式会社ポプラ社
〒160-8565　東京都新宿区大京町22-1
振替　00140-3-149271
電話（編集）03-3357-2216　（営業）03-3357-2212
ホームページ http://www.poplar.co.jp
印刷・製本　中央精版印刷株式会社

ISBN978-4-591-15407-6　N.D.C.913/151P/21cm　Printed in Japan